화원
code name

스파이 교실

《애랑》의 그레테

02

스파이 교실 02

《애랑》의 그레테

저자 타케마치
일러스트 토마리

SPY ROOM

the room is a specialized institution of mission impossible

code name manamusume

CONTENTS

011 프롤로그 계승

015 1장 변장

071 2장 회유

151 3장 탄로

197 4장 애정과 암살

261 에필로그 애랑

273 NEXT MISSION

278 후기

프롤로그 계승

그 시신은 공동묘지에 매장되어 있었다.

묘지 앞에 아름다운 남자가 서 있었다. 남성치고는 긴 머리카락이 비에 젖어 뺨에 붙어 있었다. 투박해 보이는 장발은 그 단정한 얼굴을 가려 인상을 지우기 위해 기른 것이지만, 밤중 묘지에서 혼자 비를 맞고 있으니 오히려 더욱 이질적으로 보이게 했다.

직업상 그는 눈에 띄는 것을 싫어하나 이때만큼은 지금 자신이 얼마나 이상한지 신경 쓰지 않는 듯했다.

그는 스파이였다. 이름은 클라우스. 그 밖에도 여러 이름을 사용하지만, 많이 쓰는 것은 그 이름이었다.

공동묘지에는 그 말고 아무도 없었다. 차가운 비가 내리는 밤에 굳이 삽과 랜턴을 들고 무덤을 찾아오는 인간은 그뿐이었다.

쓸쓸한 눈으로 가만히 묘비를 바라보았다. 묘비에는 여러 사람의 이름이 새겨져 있었다. 전부 흔한 이름이었다. 하지만 그건 고인을 나타내는 기호가 아니었다. 새겨진 이름은 고인이 생전에 사용하던 가명에 불과했다.

스파이 대부분은 살았던 증거를 남길 수 없다.

하지만 그걸로 충분했다.

그들이 얻은 정보— 성과, 교훈, 추억, 의지는 남은 자의 가슴속에 계속 있으니까.

클라우스는 보는 사람이 아무도 없음을 확인하고서 삽을 지면에 꽂았다. 무덤을 파냈다. 관을 부수지 않도록 그 주변에 구덩이를 팠다. 작업을 끝내자 품에서 하얀 상자를 살며시 꺼내 구덩이에 놓았다.

"스승님…… 손가락만이라도 이곳에 묻을게."

기도를 마치고 삽으로 흙을 덮었다. 구덩이는 눈 깜짝할 사이에 메워졌다.

클라우스는 크게 숨을 내쉬었다.

이곳에는 옛 동료가 묻혀 있었다. 스파이팀『화염』. 고아였던 클라우스를 스파이 세계에 들이고 일류 스파이로 키워 낸 가족 같은 존재.

그들을 생각하고 있으려니 뒤에서 인기척이 났다.

"선생님……."

돌아보자 여덟 소녀가 검은 우산을 쓰고 늘어서 있었다.

그녀들이 입은 가공의 종교 학교 교복은 묘지에 잘 어울렸다.

"굳이 전원이 올 필요는 없었는데."

클라우스는 눈을 가늘게 떴다.

소녀들 중에서 먼저 은발 소녀가 한 발자국 앞으로 나왔다. 리더인 릴리. 손에 와인병을 들고 있었다. 그녀는 그 마개를 뽑고 내용물을 묘비에 뿌렸다. 그리고서 손을 맞잡고 가만히 눈을 감았다.

소녀들은 와인병을 돌리며 차례차례 묘비에 와인을 뿌리고 기도를 마쳤다. 도중에 누군가가 와인 배분을 잘못했는지 마지막 사람 순서에는 두세 방울밖에 안 남았다. 자잘한 부분에서 아직 칠칠맞지 못했다.

하지만 클라우스는 그녀들의 잠재 능력을 굳게 믿고 있었다.

"보스, 이것 봐. 이 아홉 명이 『화염』을 이어받는 새로운 팀—『등불』이야."

묘비에 대고 말했다.

당연히 대답은 없었다. 하지만 통했을 것이다. 클라우스는 그렇게 느꼈다.

가족에게 인사를 마치고 소녀들에게 시선을 보냈다. 이 묘비 앞에서 다시금 확인해 두고 싶었다.

"『등불』을 존속시키는 이상, 우리는 『화염』의 사명을 이어받게 돼. 당면한 목적은 『화염』을 괴멸시킨 집단 『뱀』 조사다. 쉽지는 않을 거야. 각오는 되어 있나?"

소녀들은 조금도 동요하지 않았다.

자랑스럽다는 듯 웃기조차 했다.

"그만큼 급료는 많이 받잖아?" "『화염』은 내 우상이야." "많은 사람을 구할 거야." "나님은 모두와 함께하고 싶어요!" "보스 옆에 있을 수 있다면……."

저마다 말했다.

출신, 스파이가 된 동기, 야망, 『등불』에 대한 귀속 의식은 다양하리라.

하지만 답은 하나였다.

마지막으로 릴리가 미소 지었다.

"리더에 걸맞은— 활짝 피어나는 자신이 될 수 있다면."

"—극상이야."

그 말과 함께 멤버는 묘비에 고개를 숙이고 발길을 돌렸다. 눈에는 강한 의지가 깃들어 있었다. 빨리 돌아가서 훈련을 쌓고 싶다. 그런 감정이 표정에서 드러났다.

클라우스는 떠나면서 묘비에 시선을 보냈다. 스승과 한 약속을 재확인하기 위해.

"지켜 내겠어— 이번에야말로."

한동안 이곳에 올 일은 없을 것이다.

그리고 무덤에서 자는 가족들도 그걸 바라지 않을 것이다.

1장 변장

세계는 아픔으로 가득하다—.

종래 세계에서 전쟁은 몇 달 만에 끝났다. 각 나라가 서로를 미워해도 물자가 다 떨어지면 싸울 수 없었다. 한창 전쟁 중이어도 곡식을 수확하는 시기에는 중단해야 했다. 총탄이 떨어지면 깨끗하게 패배를 인정하고 퇴각할 뿐— 과학 기술이 진보하기 전까지는 그랬다.

산업 혁명의 초석이 되기도 한 증기 기관은 배나 기관차 등 수송 기술을 비약적으로 발전시켰다. 전쟁을 위한 물자를 대량 생산하고, 다른 대륙에서 취득한 막대한 곡물을 어느 지역에든 제공할 수 있었다. 군인조차 식민지에서 수송하여 보충할 수 있었다.

한번 일어난 전쟁은 대다수의 예상을 벗어나 몇 년에 걸쳐 확전되었다.

이 전쟁에 승자는 없었다. 참전한 모든 인류가 그렇게 확신했다.

—전쟁은 가성비가 나쁘다.

경제는 정체되고, 국민은 피폐해지고, 국력은 쇠퇴한다. 유일하게 득을 본 것은 전쟁에 참가하지 않고 물자를 공급한 다른 대륙의 나라들뿐. 낭비가 너무 많다.

그래서 전 세계 나라들은 의식을 전환했다. 전쟁은 되풀이해선 안 된다. 국제적인 평화 기관을 설립하고 협조 시대로 들어갔다. 물론 야망을 버리지는 않았다. 그러나 대놓고 대포를 겨눌 필요도 없었다. 자원은— 다른 수단을 써서 얻어도 된다.

이리하여 「빛의 전쟁」은 끝을 맞이했다.

새로운 시대에 벌어지는 것은 스파이들의 정보전—「그림자 전쟁」이었다.

딘 공화국도 「그림자 전쟁」에 참전하고 있었다.

대전이 벌어지기 전까지는 정보기관이라고 하면 육군 정보부와 해군 정보부였다. 하지만 두 기관은 사이가 좋지 않았고, 또한 군부 특유의 엄격한 규율 탓에 첩보 기관으로서는 수준이 낮았다. 그 결과, 세계 대전 중에 그 두 정보부를 초월하는 조직 「대외정보실」이 만들어졌다.

대외정보실의 중심은 전설적인 첩보 기관 『화염』. 중세부터 왕족 밑에서 존속하였고 시민 혁명 때는 그들을 망명시킨 경력을 가졌다고 하지만 자세한 사항은 수수께끼에 쌓여 있었다. 각 군정보부의 베테랑과 『화염』이 연대하며 대외정보실은 약진. 세계 대전 종결에도 공헌했다.

그리고 세계 대전이 종결된 후 10년—.

음모와 배신으로 38대 『화염』은 괴멸했다.

하지만 살아남은 청년이 의지를 이어받으려 하고 있었다.

어떤 임시 팀을 정식 팀으로 승격시켰다.

39대『화염』. 그것은 선대와 구별하기 위해 다른 이름으로 불렸다.

통칭『등불』—.

◇◇◇

『등불』의 거점은 딘 공화국의 항구 도시에 있다.

국내에서 손꼽히는 상업 도시에 남모르게 세워져 있다. 상사가 늘어선 도시 한편에 가마스 종교 학교라는 작은 건물이 있다. 그 건물의 창고에 있는 비밀 통로를 나아가면 광대한 정원과 건물이 얼굴을 내민다. 아지랑이 팰리스라고 불리는 호화로운 저택이다. 예전에는 왕족의 은신처로 쓰이던 명실공히「궁전」이었던 것 같지만, 그게 사실인지 아닌지는 이제 저택에 사는 사람조차 몰랐다.

최근까지는 어떤 사정으로 건물 전체에 도청기가 설치되어 있었으나 현재는 철거되어 기밀성이 유지되고 있었다. 설령 장소가 발견되더라도 내부에서 무슨 일이 이루어지고 있는지는 누구도 알 수 없는 철벽의 요새였다.

"—극상이야."

클라우스는 그 웅장한 저택을 다시금 확인했다.

아름다운 남성이었다. 장신임을 간과한다면 여성으로 착각하더라도 이상하지 않았다. 호리호리한 체격, 그리고 단정한 얼굴을 가리듯 기른 머리카락. 본인이 의식적으로 그러는 것이지만 매우 중성적인 외모였다. 실제 나이는 스무 살이지만 매우 침착한 태도에 20대 후반으로도, 30대로도 느껴졌다.

특징적인 프로필은 셋.

—첫째, 그는『등불』의 보스다. 여덟 소녀를 부하로 두고 있었다.

거점에 돌아오는 것은 열흘 만이었다. 문을 열고 융단이 깔린 복도를 걸어가자 소녀 한 명이 튀어나와 생글거리며 손을 흔들었다.

"아, 선생님도 돌아오셨군요~! 오랜만이에요!"

사랑스러운 은발 소녀였다.

이름은 릴리. 윤기 흐르는 은발과 풍만한 가슴이 특징으로, 얼굴에서 늘 웃음이 떠나지 않았다. 여덟 소녀를 아우르는 리더이기도 했다.

클라우스가 그녀를 보는 것도 열흘 만이었다.

"그래, 오랜만이야."

그렇게 말하자 릴리는 관찰하듯 클라우스를 바라보았다.

"외국 여행은 알차게 즐기셨나요? 선생님이 가신 곳은 라일라트 왕국이었죠? 좋겠다~ 맛있는 해산물로 유명한 곳이죠~."

"그런대로 만끽했어. 너는?"

"물론 알차게 휴가를 보냈죠. 급료도 나왔고, 열흘이나 시간이 있었으니까요!"

클라우스는 소녀들에게 열흘간 휴가를 줬다.

『등불』은 임시 팀 시절에 가혹한 임무를 하나 완수했다. 달성하기까지 쉰 적이 없었으므로 한동안 휴가를 마련한 것이다. 마침 대외정보실에서 성공 보수도 지급했다. 10대 소녀가 받기에는 아주 많은 액수였다.

"선생님께 드릴 선물도 사 왔으니 식당으로 가시죠!"

릴리가 열흘간 어떻게 보냈는지 재잘거리며 클라우스의 팔을 끌었다. 가방을 내려놓을 틈조차 주지 않았다.

문득 신경 쓰인 점을 물었다.

"그런데 다른 녀석들은?"

저택이 유난히 조용했다.

릴리가 「응~」 하고 뺨을 부풀렸다.

"유감스럽게도 아직 바캉스 중이에요. 다들 긴장이 너무 풀렸어요."

시선을 돌려도 다른 소녀의 모습은 보이지 않았다.

위층에서 발소리도 들리지 않았다.

식당에서는 향긋한 냄새가 풍겼다. 구운 베이컨 냄새. 그게 릴리가 사 온 선물인 모양이다. 자신의 귀가 시간에 맞춰 준비한 듯했다.

식당 문은 활짝 열려 있었다.

요리는 이미 차려진 상태였다. 순백색 식탁보 위에 베이컨 스테이크와 과일 접시, 와인병이 놓여 있었다.

클라우스가 식당에 한 발 들였을 때.

"—뭐, 거짓말이지만요."

릴리가 혀를 내밀었다.

다음 순간, 숨어 있던 소녀들이 나타났다.

문 뒤쪽에서, 식탁 아래에서, 천장에 매달린 샹들리에에서 여러 소녀가 튀어나와 클라우스에게 달려들었다.

릴리를 제외한 일곱 소녀의 일제 기습.

저마다 손에 구속용 와이어를 들고 있었다.

"그렇겠지."

달려드는 소녀들을 보고서도 클라우스는 냉정한 태도를 유지했다.

습격을 예상했던 것처럼 몸을 틀어 첫 번째 공격을 피하고 그 길쭉한 팔로 식탁보를 잡았다.

그것을 단숨에 휙 당겼다.

식탁보 위에 있던 식기류는 미동도 하지 않았다.

그 식탁보를 투망처럼 소녀들에게 던졌다. 그대로 일곱 소녀를 한꺼번에 묶어 바닥에 굴렸다.

"너무 단순해."

클라우스는 담담히 말했다.

부하들의 갑작스러운 폭력에 화도 내지 않았다.

릴리가 분한 표정으로 주먹을 움켜쥐었다.

"크…… 아무리 선생님이어도 휴가가 막 끝났을 때는 방심할 줄 알았는데!"

"일류 스파이는 그 정도로 방심하지 않아. 성장은 인정하지만 아직 멀었어."

"그렇게까지 말할 거면 요령을 가르쳐 주세요……."

"기습은 샤샤샥 한다. 이상이다."

"선생님이야말로 성장을 안 하네요!"

프로필 두 번째— 클라우스는 교관이다.

『등불』의 소녀들은 양성 학교의 낙오자로 구성되어 있었다. 재능은 있으나 사정 때문에 양성 학교에 적합하지 못했던 자들. 클라우스는 그녀들을 거느리는 보스임과 동시에 그녀들의 재능을 개화시키는 교관이기도 했다.

—수단 불문하고 클라우스가 『항복』이라고 말하게 할 것.

그것이 클라우스가 소녀들에게 준 과제였고, 그녀들은 밤낮으로 클라우스와 싸우며 훈련에 힘쓰고 있었다.

휴가가 끝나자마자 그 과제에 도전한 소녀들을 보고 클라우스는 고개를 끄덕였다.

"하지만 기합은 충분히 전해졌어. —극상이야. 그렇게 말해 두지."

"그야 의욕은 가득하죠!"

릴리는 두 주먹을 움켜쥐었다.

"어쨌든 『등불』이 임시 팀이 아니라 정식 팀으로 인정받았으니까요! 기합이 들어간다고요. 발족 후 기념비적인 첫 임무도 깔끔하게 성공시키겠어요!"

펄쩍 뛰는 제스처까지 했다. 콧김이 거셌다.

그 후로도 아직 식탁보에 휘감겨 있는 다른 소녀들에게 「여러분도 그렇죠?」 하고 말을 걸었다. 그러자 「덤벼라, 첫 임무!」 「우리의 결속력을 보여 줄 때야!」 하고 대답이 들렸다.

휴가를 즐기며 기운을 회복한 모양이다. 목소리 하나하나가 힘찼다.

하지만 클라우스는 고개를 갸웃할 수밖에 없었다.

"첫 임무라면 끝났어."

"예?"

"라일라트 왕국에서 세 개, 국내에서 두 개, 내가 이미 끝내 뒀어. 다음은 여섯 번째야."

"……."

소녀들의 얼굴이 경직되었다.

발족 후 첫 임무를 생각하며 가슴 설레던 기대가 쩌적 갈라지는 소리까지 들릴 것 같았다.

클라우스는 「그럼 훈련에 힘쓰도록」 하고 말하고서 테이블에 있던 사과를 들고 곧장 식당을 나갔다.

프로필 세 번째— 그는 몹시 마이페이스다.

식당에는 아무런 설명을 듣지 못한 소녀들만 남았다.

서로를 마주 보며 상황을 정리한 그녀들은 마침내 『자신들을 임무에서 뺐다』는 현실을 알아차렸고—.

""""""""잠깐 기다려어어어어어어어어어!""""""""

클라우스의 등을 향해 호통쳤다.

◇◇◇

"혼자서 달성한 건가? 이 짧은 기간에?"

내각부의 일실에서 로맨스그레이 남성이 어이없다는 표정을 지었다. 평소에는 상대를 눈빛으로 죽일 듯 날카롭게 바라보지만, 이때

만큼은 황당한 표정을 짓고 있었다. 희끗희끗한 머리를 쓸어 올리고 앞에 놓인 보고서로 시선을 떨어뜨렸다.

이곳은 대외정보실이었다. 간소한 이름과는 달리 빈틈없이 보안 설비가 된 견고한 방. 내각부 경비원에게 인정받고, 전용 열쇠로 엘리베이터를 탄 뒤 비밀번호를 입력해야 겨우 도달할 수 있는 곳이다. 붉은 융단 위에 놓인 것은 테이블과 소파뿐이었다. 사무원은 없고, 남자 한 명이 상주하는 꺼림칙한 공간이었다.

"……믿기 어렵지만, 너라면 그럴 수도 있겠지."

방의 주인인 C라고 불리는 남자가 미간을 눌렀다. 그가 대외정보실의 실장이었다.

"모처럼 소녀들을 정식으로 들였잖아. 데려가지 그랬어."

"실력이 부족해."

클라우스는 즉답했다.

의자에 앉아 실장이 끓인 커피를 마셨다. 변함없이 맛없었다.

"나도 경험을 쌓을 기회를 주고 싶긴 해. 하지만 샐러리맨의 영업도 아니고, 미숙한 그 녀석들을 그리 쉽게 임무에 데려갈 순 없어."

"임무라면 한 번 달성했잖아?"

"그건 예외야. 그 아이들의 힘 없이는 달성할 수 없었어."

한 남자의 배신을 예상하고, 혼자 힘으로는 불가능하다고 판단했다. 어쩔 수 없는 선택이었다.

하지만 이번에 클라우스가 달성한 임무는 전부 혼자서 충분히 소화할 수 있는 난도였다. 불필요했다. 오히려 소녀들을 데려가면 쓸데없는 위험에 말려들지도 몰랐다.

“물론 그 아이들의 재능은 인정해. 언젠가 참가시킬 거야. 하지만 지금은 시기상조야.”

그녀들을 양성 학교에 돌려보내지 않은 책임은 질 생각이다.

자신이 가르치고, 단련하고, 그리고 이끈다.

그러나 신중히 진행해야 했다.

“……그렇게 말하면서 몇 년씩 썩히지는 않았으면 좋겠군.”

“내다본 것 같은 말투네.”

“네가 저지를 만한 실수지.”

실장이 날카로운 눈빛으로 클라우스를 보았다.

싸늘한 눈으로 받아쳤다.

“그럼 딱 좋은 임무를 소개해 주겠어?”

“딱 좋은?”

“생명의 위험이 적으면서 경험을 쌓을 수 있을 만한 임무는 없어?”

“그런 편한 임무는 없어.”

일단 말해 봤지만 냉담한 대답이 돌아왔다.

“그럼 한동안 임무는 삼가고 싶어. 해야 할 일은 충분히 완수했잖아? 몇 주는 부하의 교육에 진력하고 싶어. 『뱀』의 정보도 모으고 싶고.”

“그럴 수 없다는 건 알고 있을 테지.”

실장은 테이블 위에 파일을 쌓았다.

대충 봐도 몇 권은 됐다. 전부 새로운 임무일 것이다.

"……."

말없이 마주 보았다.

"노골적으로 싫다는 얼굴이군."

"원래 나한테 한 달 휴가를 줬을 텐데."

"네 안색이 조금 괜찮아졌거든."

실장은 잠시 누그러뜨렸던 얼굴을 다잡았다.

"너도 알고 있잖아? 지금 이렇게 얘기하는 동안에도 제국은 비열한 스파이를 보내 이 나라를 침략하고 있어."

"……."

"정치를 부패시키고, 발명을 훔치고, 국민을 순종적인 우민으로 만들지. 우리의 동포는 그 침략을 저지하기 위해 적지에서 첩보 활동에 힘쓰며 목숨을 잃고 있어. 『화염』을 상실한 건 우리나라에 다대한 영향을 끼쳤어."

『화염』 이야기를 꺼내면 말대답하기 어려웠다.

실장은 그걸 간파하고서 이름을 꺼냈겠지만.

그는 두꺼운 파일을 한 권 더 테이블에 올렸다.

"특히나 이 임무를 달성할 수 있는 사람은— 너뿐이야."

그 서류는 거창하게 칠흑색 종이와 끈으로 엮여 있었다.

귀찮은 임무라는 것은 안 봐도 알 수 있었다.

"『등불』의 미숙함도, 너 혼자 다 하는 현재 상황도, 어쩔 수 없다는 건 알아."

"……."

"하지만 아픔으로 가득한 이 세계는 너희의 성장을 기다려 주지 않아."

"……."

"침묵으로 불복을 주장하지 마."

클라우스는 그 파일을 들고 가볍게 팔락팔락 넘겼다. 100장 가까이 되었다. 10초도 되지 않아 마지막 페이지까지 도달하고 파일을 찢었다.

실장이 안광을 빛냈다.

"거부할 셈인가?"

"보다시피."

클라우스가 대답했다.

"보다시피?"

"이미 외웠어."

실장의 눈에서 약간의 경악이 엿보였다.

클라우스는 한숨을 쉬었다.

"『화염』이 사랑했던 국민을 지키려면 맡을 수밖에 없잖아?"

스승이 수없이 가르친 것이었다.

맡고 싶지 않은 사정이 있더라도, 그것이 사사로운 감정이라면 배제해야 했다.

이 세계를 바꿀 수 있는 것은 스파이뿐이니까—.

아지랑이 팰리스에 도착하니 심야였다.

내각부가 있는 수도와는 거리가 있어서 아무래도 늦은 시간이 되었다.

현관 외에는 불이 꺼져 있었다. 소녀들은 취침한 모양이다. 시계는 심야 열한 시를 가리키고 있었다. 한창때 소녀가 자기에는 일렀다. 자신이 저택에 없어도 열심히 훈련하여 지친 듯했다. 현관에는 무수한 스파이 도구가 어질러져 있었다.

자신의 방으로 가 넥타이를 풀자 누군가가 문을 노크했다.

"보스, 홍차를 가져왔습니다……."

정숙한 목소리.

문을 여니 쟁반에 찻주전자를 올린 소녀가 있었다.

빨간 단발머리 소녀였다. 몸매가 늘씬했고 아무튼 사지가 가늘었다. 정교한 유리 세공 같았다. 거칠게 다루면 망가뜨릴지도 모른다. 그런 느낌을 줬다.

이름은— 그레테.

"고마워. 하지만 굳이 일어날 필요는 없었어."

"보스를 위해서니까요……."

"몇 번이나 말했지만 그 호칭으로 부르지 마."

몸 둘 바를 모르게 된다.

「보스」라고 불려야 할 존재는 자신에게 있어 단 한 명. 『홍로』라는 코드 네임을 가진 선대 보스뿐이다.

그레테는 그 말에 대답하지 않고 홍차를 준비하기 시작했다. 따뜻하게 데운 찻잔에 홍차를 따랐다. 독을 타지 않는지 무의식적으로 확인했으나 그런 기색은 없었다. 정말 선의로 챙겨 주는 듯했다.

그레테는 부하이지 가정부가 아니므로 이렇게까지 하지 않아도 된다.

몇 번이나 그렇게 전했지만 그녀는 듣는 척도 안 했다.

"……여행지에서 향이 좋은 홍차를 발견해서 꼭 보스에게 드리고 싶었어요."

"질 좋은 찻잎이야. 비싸지 않았나?"

"……보스에게 싸구려 홍차를 대접할 수는 없습니다."

"그런가. 고맙다."

클라우스는 척척 준비하는 소녀를 관찰했다.

그녀가 자신에게 친근하게 구는 것이 어제오늘 시작된 일은 아니었다. 지난번 임무 중에도 그녀는 유독 자신을 따랐다.

'모르겠군. 이 아이에게 호감을 살 행위를 했었나?'

그녀가 어째서 친근하게 구는지.

그녀의 태도가 바뀐 날을 떠올렸다.

◇◇◇

극적인 이벤트—라고 할 정도는 아니지만, 인상적인 일이라면 있었다.

생물 병기 탈환 임무에 임하기 전이었다.

중대한 임무에 대비해 클라우스도 트레이닝을 했다. 몸풀기 겸 장난기가 발동하여 다른 사람으로 변장하고서 「클라우스를 찾아온 동료」라는 설정으로 아지랑이 팰리스를 방문했다. 전혀 눈치채지 못하는 소녀들에게 「클라우스는 고급 와인을 주면 고주망태가 된다」라는 거짓말을 불어넣고, 겸사겸사 릴리에게서 「선생님이 보관하는 통조림을 늘 훔쳐 먹고 있다」라는 증언을 얻었다. 줄어들고 있다고는 생각했지만 역시 이 녀석이었나.

한차례 소녀들을 속이고 변장을 푸니 샤워하고 싶어졌다.

익숙하지 않은 옷을 입어 땀을 흘렸다. 욕실로 향했다.

아지랑이 팰리스 내에는 대욕탕과 욕실이 있었다. 전자는 소녀들이, 후자는 자신이 사용했다.

탈의실에 사람이 있다는 것을 문을 열기 전에 예상할 수 있었다. 막연하게.

노크할까. 손을 들었다가 멈췄다.

소녀들은 욕실을 쓸 이유가 없다. 자신을 습격할 속셈이리라. 그렇다면 눈치채지 못한 척하는 것이 예의인가. 그렇게 생각하고 문을 열었다.

그레테가 서 있었다. —알몸으로.

"음?"

"엇."

그녀는 순간적으로 목욕 수건을 잡고 몸을 웅크렸다. 하지만 한 발 늦었다. 실오라기 하나 걸치지 않은 그녀의 모습은 이미 목격했

다. 투명감 있는 하얀 피부와 쭉 뻗은 다리. 평소에는 숨겨져 있는 부분까지 눈에 날아들었다. 반사적으로 아름답다고 중얼거렸다.

"대담한 미인계야. 우선 그 용기를 칭찬하지."

감탄하며 습격에 대비했다.

하지만 어디에서도 소녀가 나올 기미가 없었다.

"……보스."

그레테는 목욕 수건을 끌어안은 채 울상이 되어 떨고 있었다.

뭔가가 이상하다.

곧장 판단하고 탈의실을 나갔다.

그날 이후로 그레테의 태도가 바뀌기 시작했다.

◇◇◇

'……되돌아봐도 의문이야. 좋아할 요소가 없어.'

사고라고는 하지만 알몸을 보였다. 혐오감을 품는 것이 자연스럽다. 혹은 관계가 어색해지거나. 하지만 왜 결과는 정반대일까. 알몸을 봤으니 책임지라는 건가. 그렇다면 성에 대한 가치관이 전근대적이라고 할까, 상당히 비틀린 것이다.

"오늘은 늦게 귀가하셨네요……. 내일은 푹 쉬실 수 있나요?"

회상에 잠겨 있으니 그레테가 말을 걸어왔다.

"아니, 어려워. 큰 임무를 맡았고, 보고서도 다시 쓰라는 명령을 받았어."

"다시……? 보스가요?"

"나는 다른 사람이 한 번 실패한 임무를 많이 맡으니까. 향후 대책으로 상세한 기록이 요구돼."

"역시 보스네요……."

"『그냥 성공시켰다』라고 제출했더니 웃기지 말라더군."

그레테는 「아아」 하고 슬픔이 묻어나는 목소리를 흘렸다.

클라우스가 어려워하는 분야였다.

그는 자신의 행동을 구체적으로 설명하지 못한다. 사람이 셔츠 입는 법이나 단추 잠그는 법을 잘 말하지 못하듯, 그는 스파이 기술을 남에게 가르쳐 주지 못했다. 나를 쓰러뜨리라는 전대미문의 훈련법은 그래서 나온 것이다.

물론 보고서에 최소한의 정보는 나열했고, 큼직한 일도 기록했다. 그러나 구체성을 요구하면 감각적으로 답하는 부분이 많아졌다.

그 결과, 일이 쌓이고 말았다.

한동안 쉬지는 못할 듯했다.

그레테는 뭔가 하고 싶은 말이 있는 것 같은 표정을 지었다.

"보스……."

"왜 부르지?"

"괜찮으시다면 품에 안아 드리고 싶어요……."

"괜찮을 리가."

난데없이 웬 제안이지?

이해하지 못하고 있으니 그레테가 두 팔을 옆으로 크게 벌렸다.

"그렇게 부끄러워하지 마시고…… 마음껏 제게 기대세요."

"머리라도 다쳤나?"

어프로치가 격렬했다.

동료가 이상한 말이라도 불어넣은 걸까.

"일단 묻겠는데, 미인계 훈련인가?"

"아뇨. 보스를 속일 마음은 추호도 없습니다……."

그녀는 아쉬워하며 고개를 숙였다.

"그저 조금 쉬셨으면 해서……."

"쉬라고?"

"……지난번 불가능 임무도 거의 보스가 수고하셔서 성공했죠. 그뿐만이 아니라 지금도 임무에 잡무에 저희 교육까지 전부 혼자서 소화하시고……."

지난번 임무란 생물 병기 탈환일 것이다.

원래 그런 계획이었다고는 하지만, 그녀들은 적이 유도하는 대로 행동했다. 일류 스파이와의 실력 차이는 여전히 존재했다. 그녀들은 미끼가 되어 행동했고, 결국 클라우스가 거의 혼자 힘으로 해결하는 수법을 썼다.

"피로, 등등, 도."

그레테가 숨을 삼켰다.

"쌓이셨겠죠……."

『등등』을 강조한 말투였다.

건드리지 않는 편이 좋을 것이다.

"배려는 기쁘지만 지금은 훈련에 집중해 줘. 우선 나를 깔아 눕혀."

"읏! 덮치라는 유혹……!"

그레테의 목소리가 상기됐다.

클라우스는 미간을 짚었다.

"그레테, 다음에 내 방에 올 때는 다른 녀석을 데리고 와."

"읏! 여럿이서……!"

"나 혼자서는 태클을 다 못 걸겠어."

새삼 생각하지만, 이 팀에는 이상한 녀석이 너무 많다.

그레테가 떠난 것을 확인하고 숨을 내쉬었다.

방에는 홍차가 가득 든 찻주전자가 남아 있었다.

그녀는 마침 클라우스가 갈증을 느낀 타이밍에 차를 가져왔다. 마치 원하는 것을 꿰뚫어 보고 있는 듯했다. 뛰어난 관찰안이 없다면 불가능한 일이다.

홍차 향이 감도는 방에서 소녀가 남긴 말을 생각했다.

'피로인가…….'

실장은 안색이 좋아졌다고 했으나 그의 발언은 신용할 수 없다.

자신을 흠모하는 그레테의 발언을 일고해야 할까.

손으로 뺨을 만졌다.

평소보다 탄력이 약했다. 근육이 피폐해져 있었다. 남들보다 사용 빈도가 적은 표정근조차.

'그레테가 말한 대로 쉬어야 하나. 하지만 내게는—.'

벽으로 시선을 옮겼다. 그곳에 어떤 무기가 장식되어 있었다.

스파이와 어울리지 않는 길쭉한 도구. 동양의 물건이다. 활처럼 휜 그것은 전투의 달인이 쓰면 뛰어난 위력을 발휘한다.

칼. 스승인 기드의 무기였다. 지금은 유품이기도 했다.

—지켜 내. 이번에야말로.

그의 유언이었다.

아버지 같기도 했고, 친구 같기도 했고, 가족이었던 남자.

'내 걱정보다 아이들의 성장을 우선해야겠지…….'

뇌리에는 실장이 넘긴 임무가 있었다.

『암살자 살해— 그게 이번 임무다.』

클라우스가 추가로 받은 것은 정치가 자료였다.

전 세계에서 반제국파 정치가가 갑작스레 죽고 있었다. 사인은 추락사. 자살을 암시하는 유서도 남아 있으나 위조일 가능성이 컸다. 누군가에게 자살을 강요당했을 것이다.

『타깃의 이름은「시체」—라고 내가 지금 명명했어. 시체같이 생겼다는군.』

참 거창한 이름을 지었다.

『2주 전, 딘 공화국에서도 정치가가 죽었어. 투신자살. 녀석의 짓이라고 봐야겠지. 마침내 우리나라에도 침입한 모양이야.』

마치 어린아이의 장난에 질린 것처럼 실장은 여유롭게 한숨을 쉬었다.

『1과의 팀이 「시체」를 쫓은 정보다. 소중히 여겨.』

클라우스는 고개를 끄덕였다.

이어서 할 말은 예상이 갔다.

『이 정보를 얻은 동포는 살해당했어. 인계받은 인간도 죽었고. 즉, 이건 불가능 임무로 분류돼.』

속행이 불가능하다고 판단된 임무— 불가능 임무.

임무의 성질은 스파이라기보다 비밀경찰. 국내 방첩인가.

그리고 자료를 본 바로는—.

『난이도는 지난번 불가능 임무를 웃돌아.』

클라우스도 동의할 수 있는 사실이었다.

『우수한 동포가 몇 명이나 살해당했어. 초일류 암살자가 틀림없고, 암살을 도와주는 동료가 있겠지. 그리고 알다시피 네 정보는 제국에 유출됐어. 네가 공공연하게 움직이면 「시체」는 자취를 감춰 버릴 거야.』

마지막으로 실장은 고했다.

『소녀들을 참가시켜. 혼자 힘으로는 무리야.』

실장의 말이 귓가에 맴돌았다.

대외정보실에서 있었던 일을 회상하고 클라우스는 한숨을 쉬었다.

읽은 자료를 다시금 떠올리며 계획을 짰다. 실장의 으름장은 과장이 아니다. 규모는 작지만, 순수한 난이도는 지난번 생물 병기 탈환을 웃돈다.

꽤 힘든 상황을 각오해야 한다.

문제는 소녀들을 참가시키느냐 마느냐—.

'아니, 『시체』에게 살해당할지도 몰라……. 역시 혼자서 도전해야 해.'

전투나 심리전으로 적에게 질 것 같지는 않았다.

하지만 아무리 자신 있어도 클라우스의 몸은 하나다. 모든 위험에 대응하지는 못한다. 소녀를 지켜 낼 수 있다고 보장할 수 없다.

'그 녀석들이 성장해 준다면 얘기는 달라지지만…….'

그건 덧없는 소망이리라. 지도하는 교관이 단언하는 것이니 틀림없다.

어쨌든 조금 더 정보를 모으고 나서 판단하고 싶지만—.

『하지만 그 전에 다른 임무도 맡기고 싶군.』

실장은 다른 미션도 줬다.

'그 늙은 여우.'

욕을 내씹었다.

최전선에 서 있던 현역 때는 틀림없이 상당한 수완가였을 것이다. 그 맹금류 같은 눈빛으로 타깃을 공갈하는 모습이 눈에 선했다.

결국 방침은 하나이리라.

간단한 임무를 신속히 끝내고 『시체』 살해를 준비한다.

자신의 피곤 따위 대수롭지 않은 문제였다.

임무를 받은 이튿날 아침, 또 소녀들이 덫을 놓았다.

복도로 나오니 어째선지 강아지가 있었다. 한 소녀가 키우는 품종이었다. 도망쳤나. 그렇게 느끼고 손을 뻗자 강아지는 몸을 휙 빼고 달아났다. 강아지를 쫓으니 창고에 도착했다. 다섯 소녀가 기다리고 있다가 덤벼들었다.

"놀잇거리도 안 되는군."

간단히 대응했다.

창고를 나가려고 했을 때, 문손잡이에 함정이 있음을 알아차렸다. 사각지대에 바늘. 섣불리 잡으면 손을 다친다.

손수건으로 손가락을 보호하고 집어 드니 뭔가 발라져 있었다.

독— 이 팀에서 독을 쓰는 사람이라면 떠오르는 소녀가 한 명 있었다.

"릴리, 너인가."

히양, 하고 기묘한 목소리가 들렸다.

문이 열리며 겁먹은 표정을 지은 릴리가 얼굴을 내밀었다.

"드, 들켰나요……? 방심했을 때를 노려서 함정을 판 거였는데요."

"너무 단순해."

독침을 그녀에게 돌려줬다.

"숙련된 스파이는 악의에 민감해. 이 정도 함정은 내가 아니어도 그냥 눈치채."

"치, 이래 봬도 성장했다고 생각했는데……."

"해독제를 까먹지 않을 정도로는 성장했다는 건가?"

"흐흥~! 최근에는 열 번에 한 번만 까먹어요!"

한 번 까먹는 것이 문제였다.

역시 임무에 참가시키기는 불안했다.

"겸사겸사다."

문득 생각나서 그녀의 어깨를 두드렸다.

"잠깐 따라와."

어리둥절한 모습인 그녀를 데리고 아지랑이 팰리스 부지를 나갔다.

도시 한편에 주차한 승용차를 타고 릴리를 조수석에 앉혔다. 그대로 차를 달려 고속 도로로 향했다. 가는 길에 확인해 두고 싶은 사항이 있었다.

"어? 억지로 뭐 하시는 거예요. 혹시 이게 바로 드라이브 데이트—."

"너희는 임무에 참가하고 싶은가?"

혼란에 빠진 릴리의 목소리를 차단했다.

고속 도로에 들어가 주위에 인적이 끊겼을 때 말을 꺼냈다.

"참고삼아 들어 두자 싶어서 말이야. 너희는 현재 상황을 어떻게 느끼고 있지?"

"그야 물론— 참가하고 싶어요."

릴리는 착각했음을 깨달았는지 부끄러워하며 뺨을 긁적였다.

"죽기 싫다는 게 대전제지만요. 다들 스파이로서 활약하기 위해 훈련하고, 지금도 선생님을 쓰러뜨리려고 노력하고 있어요. 저도 세계에 이름을 떨치는 명스파이가 되어서 떠받들리고 싶어요."

"그런가."

"그리고 성공 보수가 없으면 급료도 줄고……."

"그건 걱정하지 않아도 돼. 내가 단독으로 달성한 임무여도 성공 보수는 똑같이 나누고 있어."

"예? 그럼 저는 이대로 농땡이 쳐도 전혀 문제없, 아야!"

핸들을 쥔 채 그녀의 이마를 손가락으로 튕겼다.

"떠받들리고 싶다는 소원은 어디로 사라졌어?"

"그렇잖아요! 아무것도 안 하고 잠만 자도 돈을 잔뜩 받고, 명스파이로 취급받고, 숭상받는 게 이상적이잖아요!"

"욕망을 늘어놓지 마."

"하지만— 그럴 수 없다면 역시 임무에 도전하고 싶어요."

릴리는 성량을 낮춰 중얼거렸다.

"저희도 스파이인걸요. 세계를 바꾸고 싶어요."

그 목소리에 평소의 경박함은 없었고 깊은 감정이 담겨 있었다.

리더로 지명되어 천진난만하게 기뻐했을 때와는 달랐다. 곁눈질로 확인 가능한 표정에서 사명감이 엿보였다.

"—극상이야."

그렇게 도착한 곳은 수도와 항구 도시의 경계에 있는 지방 도시였다.

두 도시를 잇는 철도의 선로상에 있어 인구가 수만 명을 넘는 도시였다. 규모는 작지만, 역 주변에는 무수한 상업 빌딩이 늘어서서 번화가를 형성하고 있었다.

"나머지는 임무가 끝난 뒤에 얘기하지."

클라우스가 차에서 내리자 릴리의 표정이 확 밝아졌다.

“엇, 바로 임무에 끼워 주시는 건가요?!”

“그래. 너는 거리를 한 시간 산책하고 음료를 사서 차로 돌아와.”

“알겠습니다. 그다음엔요?”

“귀가한다.”

“예?”

릴리가 입을 벌렸다.

“타깃과 접촉하는 건 나 혼자면 충분해.”

그녀를 차에 태운 것은 차분하게 대화하기 위해서였다. 아지랑이 팰리스 내에서는 최근 좀처럼 시간을 낼 수 없었다.

“그건 임무가 아니라 심부름이에요!”

클라우스는 릴리의 불만을 무시하고 머리카락을 뒤로 묶어 임무에 바로 응할 수 있는 태세에 들어갔다.

실장이 맡긴 임무는 국내에 잠복한 스파이 적발이었다.

임무 내용은 심플했다.

다른 스파이팀이 얻은 정보를 기반으로 타깃을 포박한다.

다만 상대는 숙련된 스파이. 제국을 신망하는 정치가에게 자금을 원조하고, 항만 개발을 방해하고자 했다. 동포가 두 번 포박을 시도했으나 놓쳐서 클라우스에게 임무가 왔다.

연립 주택의 일실이 이번에 잠복한 곳이었다. 클라우스는 수도 설비 업체 직원으로 분장하여 방문했으나 상대는 습격을 알고 있었다. 동포의 실수이리라. 실내에 함정이 설치되어 있었다. 상대는 클라우스를 반대로 붙잡아서 정보를 캐내고 싶었던 것이 틀림없다.

그 함정을 벗어나 적과 교전했다.

다행히 실컷 날뛰어도 상관없는 환경이었다. 양옆 집은 비어 있었다. 관리인이 말하길, 양쪽 다 여행을 갔다고 했다. 마음 놓고 싸울 수 있었다.

스승에게 배운 격투술로 때려눕히기까지 시간은 그리 걸리지 않았다.

"이 도시에 동료가 있나……?"

클라우스는 적의 목에 단검을 들이댔다.

"……."

스파이 남자는 침묵을 관철했다.

"없군. 한시름 놨어."

"……윽."

그의 반응을 보고 막연하게 진실을 알아차렸다.

아무래도 이 도시에 그의 동료는 없는 듯했다.

"말해 두는데 다른 도시에 있던 동료도 적발됐어. 괜히 무마하려고 하찮은 짓 하지 마."

국내에 잠복한 스파이망 적발은 일제히 신속하게 이루어진다.

도중에 적발 정보가 새서 상대가 도망치면 잡을 수 없다.

"어떻게 습격을 알아차렸지? 아마 —— 때문이겠지."

상대는 침묵으로 일관했으나 그 표정을 보고 모든 것을 파악했다. 의문은 풀렸다.

이로써 임무 완료다. 클라우스는 동포에게 연락하여 신병을 넘겼다. 정장으로 다시 갈아입고 방을 나왔다. 사후 처리는 다른 팀이 한다. 이제 돌아가서 보고서를 작성하면 이번 일은 끝이다.

클라우스는 자신의 손을 빤히 바라보았다.

'역시 근육이 무거워…….'

궁지에 몰린 상대는 독약을 먹으려고 했다. 미량이지만 입에 넣는 걸 허락하고 말았다. 자칫 잘못했으면 귀중한 정보원인 타깃을 죽일 뻔했다.

연속 무휴의 영향이 나타나기 시작한 것일지도 모른다.

'시간은 없지만 릴리에게 사과할 겸 레스토랑에라도—.'

그렇게 생각하기 시작했을 때였다.

—발포음.

곧이어 비명.

거리 쪽에서 들려왔다.

반사적으로 얼굴을 들었다. 이 지방 도시에는 갱단이 몇 개 있으나 항쟁을 벌인다는 정보는 없었다. 적 스파이가 자포자기하여 폭주했나? 하지만 방금 잡은 스파이에게 동료는 없을 터다.

정체불명의 총성.

무엇보다 비명을 지른 사람은 릴리였다.

그녀가 무슨 일에 휘말렸나—?

'피곤하다고 핑계 댈 순 없지…….'

다행히 장비는 거의 완전한 상태였다. 총도 휴대하고 있고, 다른 스파이 도구도 착용 중이다. 상대는 운이 나빴다.

'내 동료에게 손대고서 무사하길 바라지 않는 게 좋을 거야.'

클라우스는 속으로 중얼거리며 골목을 향해 달렸다.

다행히 시민들은 갑자기 거리에 울린 발포음에 당황하지 않았다.

그게 이상했지만, 노상의 폐차에 경찰이 몰려 있는 광경을 발견했다. 타이어가 펑크 나 있었다. 아까 들린 소리는 타이어가 열화하여 터진 소리라고 착각한 건가. 경찰은 바로 떠나려고 했다. 거리는 평온 그 자체였다.

하지만 아까 그 소리는 틀림없이 총성이었다.

누군가가 의도적으로 경찰을 유도했다.

비명이 들렸던 방향으로 달려가니 릴리는 눈에 띄는 곳에 있었다. 골목 중앙에 주저앉아 있었다.

―팔에서 피가 났다.

그녀는 드럼통에 등을 기대고 오른팔을 응급 처치 중이었다. 자신의 교복 치마를 단검으로 잘라서 붕대를 만들었다. 목덜미에 맺힌 구슬땀이 얼마나 아픈지를 이야기했다.

클라우스가 달려가자 그녀는 골목 안쪽을 눈짓했다.

"선생님! 저는 괜찮으니 서쪽으로! 베이지색 코트를 입은 남자예요!"

상당히 깊은 상처를 입은 모양이었다. 그녀의 발밑에 피 웅덩이가 만들어져 있었다.

상태가 신경 쓰였지만 지금은 그녀가 말한 대로 습격자를 쫓아야 했다.

'누구지……?'

전력으로 골목을 달렸다. 인적 없는 뒷골목이었다. 스쳐 지나가는 인간은 없었다.

하지만 코트를 입은 남자는 찾을 수 없었다. 이미 멀리 도망친 듯했다.

눈을 감고 귀에 의식을 집중했다. 골목을 달리는 발소리는 두 명뿐. 하지만 초조해하거나 동요한 발소리는 아니었다. 직감적으로.

발소리는 클라우스와 멀리 떨어진 곳에서 났다. 메인 스트리트 쪽으로 가서 다른 발소리와 섞였다. 이 이상 청력으로 쫓기는 어렵다.

늘어선 건물의 지붕에 와이어를 걸고 도약.

지붕 위에 도달하여 주위를 둘러보았다.

베이지색 코트를 입은 남자의 모습은 없었다.

도망치는 남자도, 미행을 경계하는 남자도.

이미 골목에서는 모든 인기척이 사라진 상태였다.

'놓쳤나……? 아니야, 뭔가 위화감이 들어.'

무엇이 찜찜한지 모르겠지만 일단 포기할 수밖에 없다.

원래 장소로 돌아가니 릴리는 응급 처치를 끝낸 상태였다.

팔에 붕대를 다 감았고 땀도 흘리지 않았다.

“아, 선생님. 적은 어떻게 됐나요?”
매우 가벼운 어조였다.
“미안. 유감스럽게도 놓친 것 같아.”
“네? 선생님이요?”
“신뢰는 기쁘지만 장소가 너무 안 좋았어.”
더 말해도 변명처럼 들리겠지만 역시 무리였다.
습격이 일어난 시점에 현장과는 떨어진 곳에 있었다. 달려온 시점에 이미 모습을 감춘 상태라면 손쓸 방법이 없다.
“…….”
하지만 릴리는 이상하다는 얼굴로 침묵했다.
“왜? 실망했어?”
“아, 아뇨, 다만 선생님이 자신만만하게 적을 쫓아갔었으니까요. 조금 의외여서…….”
“자신만만하게?”
자신이 그런 태도를 보였나?
그렇다면 상당히 부끄럽다.
“—아니, 습격에 관해서는 나중에 얘기하지. 팔을 치료하는 게 먼저야.”
“아, 그러네요.”
나중에 릴리에게 자세히 물어보자. 대외정보실이 알고 있을지도 모른다. 이게 「시체」와 관련된 일이라면 재미있는 전개지만—.
클라우스가 병원 쪽으로 걸어가며 이것저것 생각하고 있을 때였다.

에잇, 하고 소리가 났다.

돌아보니 기묘한 광경이 펼쳐져 있었다.
이해할 수 없었다.
왜 눈앞의 일이 벌어졌는지.

릴리가 클라우스의 팔에 독침을 꽂고 있었다.

심지어 다쳤을 터인 오른팔로.
온몸에 오한이 일었다.
그러고 나서 몸이 타는 듯이 뜨거워지며 땀이 솟았다.
릴리가 찌른 독침의 효과이리라. 무시무시한 즉효성이었다.
독 전문가 『화원』의 릴리가 만들어 낸 비독—.
"왜……?"
떨리는 입술로 물었다.
"예? 선생님이 말씀하셨잖아요?"
눈앞에서 릴리가 고개를 갸웃했다.
"이따 만나면 진통제로 독침을 놓으라고요."
그런 말을 한 기억은 당연히 없었다.
"진통제……?"
"선생님의 오른팔에서 피가 나서……."

피? 그럴 리가 없다. 오른팔을 다친 사람은 릴리일 터다.

그 이상 말을 듣지 못하고 릴리에게 기댔다.

발에 힘이 들어가지 않았다. 머리가 어지럽고 무거웠다.

그녀는 당황하며 클라우스를 안았다. 자신의 잘못을 깨달았는지 어쩔 줄을 몰랐다.

그 혼란 속에서 마침내 품고 있던 위화감이 연결됐다.

"—극상이야."

릴리의 팔을 잡고 그런 말을 내뱉었다.

역시 그녀의 팔에는 다친 흔적이 없었다.

"그랬군. 훌륭한 수법이야. 발포 후 내게 다친 모습을 보였던 릴리와 지금 여기 있는 릴리는 다른 사람인가."

"예……?"

"더 말하자면 릴리. 지금 여기 있는 나와 오른팔에서 피를 흘리며 독침을 찌르라고 네게 명령한 나도 다른 사람이야."

생각할 수 있는 가능성은 하나다.

"우리는 둘 있어."

그 훌륭한 수법에 반했다.

릴리를 완전히 조종했다.

적은 클라우스 행세를 하며 다친 오른팔을 보여 줘서 릴리가 비명을 지르게 했다. 그 후에는 대충 설득했을 것이다. 오른팔에 붕대를 감고, 재회하면 독침을 찌르라고. 적은 그렇게 릴리를 속이고 나서 자신만만하게 자리를 떴고, 다음에는 릴리로 변장하여 클라우스와 접촉했다.

물 흐르는 듯한 계산, 그리고 뛰어난 변장 기술―.

이런 일을 할 수 있는 인간은 한 명밖에 모른다.

"……예상대로예요."

정숙한 목소리가 들렸다.

돌아보았다.

그곳에 릴리가 또 한 명 있었다. 오른팔에 묻은 혈액을 닦고 미소 지었다.

"보스는 함정에 민감하죠……. 악의나 살의는 확실하게 눈치채요……."

오늘 아침에 있었던 일도 보고 있었을 것이다.

문손잡이에 준비한 함정을 알아차리고 회피하는 클라우스의 모습을.

"그래서 릴리 씨를 조종하여 **선의의 독침**을 찔렀습니다."

또 다른 릴리가 자신의 얼굴을 손으로 만졌다.

"코드 네임 『애랑(愛娘)』― 웃어 탄식할 시간을 가지죠."

그렇게 이름을 밝히면서 그녀는 왼손으로 릴리의 얼굴을 뜯어냈다.

마스크 아래에 있던 것은 빨간 머리 소녀.

—변장 전문가, 그레테였다.

◇◇◇

스파이 세계에서 변장은 흔한 공작이다.

가공의 인물로 변장하는 기술은 누구든 익히고 있다. 가발, 선글라스, 화장— 그것들을 잘 사용하면 어려운 일은 아니다.

하지만 실재하는 타인으로 변장하는 경우는 달랐다. 차원이 다른 난이도다.

우선 얼굴 전체를 덮는 수지제 마스크를 준비하고, 거기에 색을 칠하고 살을 붙인다.

탁월한 관찰력이 필요했다.

타인의 모습을, 동작을, 목소리를 완벽하게 흉내 내는 것은 일류 스파이여도 어려운 기술이다.

하지만 『등불』의 멤버를 모을 때, 클라우스는 양성 학교에서 들었다.

찾아보기 힘든 변장 기술이 있으면서 실력을 발휘하지 못하는 소녀가 있다고—.

◇◇◇

'아니…… 어떻게 생각해도 그레테는 완전히 실력을 발휘하고 있는데.'

정보와 차이가 나서 당황스러웠다.

클라우스는 특별한 지도를 하지 않았다. 그녀에게 어떤 사정이 있었는지는 모르겠지만, 스스로 극복했거나. 아니면 교관의 안목이 형편없었거나.

"……드디어 궁지로 몰았어요."

그레테가 기뻐하며 미소 지었다. 손에는 가발과 찢어진 마스크가 있었다.

그녀의 기술은 볼 때마다 놀라웠다.

그녀는 조금 전에 완전히 릴리였다. 외모, 목소리, 동작을 완벽하게 복사했었다.

클라우스가 그 변장을 알아차리지 못한 이유는 그녀의 높은 기술— 때문만은 아니고, 상처 때문이었다.

너무나도 생생하게 방울져 떨어지는 피.

진짜 피일 것이다. 녹슨 쇠 냄새. 수혈용 피를 사용했나. 피 흘리는 동료를 보고 동요하지 않았다고 하면 거짓말이다. 클라우스의 약점을 간파하고 있었다.

"……"

클라우스는 분한 듯 계속 연기하며 은근슬쩍 릴리의 옷으로 손을 뻗었다. 사전에 들은 정보가 옳다면 해독제를 숨겨 뒀을 터다.

"해독제는 없어."

하지만 뒤에서 늠름한 목소리가 들렸다.

"—이미 훔쳤어."

뒷골목에서 다른 소녀가 얼굴을 내밀었다.

『등불』의 일원, 백발 소녀 지비아였다.

그녀가 선언한 대로 릴리의 몸 어디에도 해독제는 없었다.

그리고 지비아의 뒤를 잇듯 다른 소녀도 속속 나타났다. 한 손에 무기를 들고 클라우스를 포위하듯이 섰다. 팀의 소녀 여덟 명 전원이 골목에 모였다. 아까 메인 스트리트에 섞여 들었던 발소리도 다른 소녀가 연기했던 건가.

그녀들은 저마다 「역시 그레테의 계획이야」 「나님도 대단하다고 생각해요!」라면서 그레테를 칭찬했다.

그 모습을 릴리는 어리둥절하게 보고 있었다.

"어? 저는 아무것도 못 들었는데요."

"……사전에 전하면 보스에게 정보가 샐 테니까요."

"납득이 가서 반론할 수 없어!"

릴리는 클라우스를 살며시 땅에 앉혔다.

돌바닥에 앉은 클라우스를 에워싼 소녀들은 의기양양한 표정을 지었다. 이때를 기다리고 있었던 것처럼.

후후, 그레테는 기쁘게 미소 지었다.

"설설 기는 보스도 매력적이네요……. 무릎베개가 어울릴 것 같아요……."

클라우스는 고개를 가로저었다.

"너한테 그런 사디스트 같은 일면이 있을 줄은 몰랐어."

"보스는 마조히스트라고 추측하고 있습니다……."

"그런 의미에서 덮치라고는 안 했어."

"자신을 너무 몰아붙이세요……."

그레테가 말했다.

"……보스의 컨디션이 정상이었다면 다친 릴리 씨를 보고 변장을 간파했겠죠……."

"……."

"석 달 전에 『화염』을 잃고 나서 보스는 많은 일을 완수했습니다. 『등불』의 멤버를 선발하고, 자기 자신의 휴식을 버리는 훈련을 부하에게 명하고, 불가능 임무를 성공시켰습니다. 그 후로도 미숙한 저희를 위해 휴가를 반납하고 일하고 계시죠."

"그런 것도 같군."

"마지막으로 언제 쉬셨나요……? 열흘 전인가요? 설마 100일 전인가요?"

숨기고 넘어갈 수 없는 압력이 있었다.

소녀들은 모르지만, 『화염』을 잃기 직전까지 단독으로 특별 임무를 수행했다. 그걸 포함하면 상당한 일수가 된다.

"465일 전이다."

""""""우와…….""""""

몇몇 소녀가 똑같이 반응했다.

약 15개월간. 쉬지 않고 임무와 훈련을 하며 보냈다.

「당신 바보 아니야?」 하고 지비아가 딴죽을 걸었다.

그레테가 한숨을 쉬었다.

"……무모해요. 평범한 사람이라면 피를 토하며 쓰러질 수준이에요."

그녀의 말에 다른 소녀도 동조했다. 우리를 의지해라, 안심하고 쉬어라, 그런 취지의 말들이 나왔다.

역시 그녀들도 현재 상황에 의문을 느끼고 있는 듯했다.

그렇기에 힘을 보이려고 연계와 기술을 과시했다.

"……."

클라우스는 대답할 말이 떠오르지 않았다.

"혼자 떠안지 마세요……."

그레테가 미소 지었다.

"이제 보스에게는 저희가 있어요……. 마음껏 기대어 주세요."

그레테는 품에서 살며시 총을 꺼냈다. 자그마한 자동 권총이었다.

"자, 『항복』 선언을……."

그 총을 철컥 슬라이드시키고 클라우스의 이마에 총구를 댔다.

"—그리고 부디 오늘 밤부터는 제 가슴에 안겨 쉬세요."

자애 넘치는 미소였다.

여신 같은, 온기가 있는 온화한 눈을 하고 있었다.

클라우스는 두 손을 들었다. 무저항을 나타내듯.

"너희의 마음은 잘 알았어."

그레테는 부드러운 표정을 지었다.

"네……."

"확실히 나는 지쳤어. 불가능 임무를 끝내고도 하루도 쉬지 못했고, 특히 최근 2주는 임무가 연속됐고, 틈틈이 너희와의 훈련이 있었어. 아무리 나라도 체력은 무한하지 않아. 이게 기진맥진이라는 상황이겠지."

"네, 그러니까—."

"하지만, 그런데—."

클라우스는 고했다.

"—이 놀이에 언제까지 장단을 맞춰 주면 되지?"

"예……?"

클라우스는 지면을 기듯 쓰러졌다.

총구에서 벗어나며 다리를 크게 뻗어 그레테의 발을 걸었다.

그 날렵한 움직임에 그레테는 반응하지 못했다. 원래부터 격투에 뛰어난 타입은 아니었다. 그녀가 자세를 바로잡았을 때, 형세는 역전되어 있었다.

그녀의 목에 뾰족하게 모은 손끝이 닿아 있었다.

"—극상이야."

조금이라도 움직이면 손톱이 경동맥을 찢는다.

그렇게 위협하듯 그녀의 가느다란 목을 건드렸다.

다른 소녀들은 멍하니 서 있었다.

"적의 없는 독침— 훌륭해. 그 발상을 우선 칭찬하지."

클라우스의 몸에서 독은 사라진 상태였다.

대화를 길게 끄는 사이에 컨디션을 되찾을 수 있었다.

"죄송해요……."
릴리가 미안해하며 중얼거렸다.
"독침을 완전히 찌르지 못했어요. 스쳤기에 미량은 중독시켰지만 혈관에는 도달하지 않아서……."
그녀가 비난받을 이유는 없었다. 아무 말도 듣지 못하고 이용당했을 뿐이니까.
그레테는 눈을 동그랗게 뜨고서 굳어 있었다.
"어째서 피하셨죠……."
혀가 잘 돌아가지 않았다.
"공격을 예측할 수 있을 리가……."
"예측했어."
클라우스는 그녀의 목에서 손을 뗐다.
"네가 말한 대로, 일류 스파이는 악의와 적의에 민감해. 선의의 공격이 유효한 건 틀림없어. 하지만 사전에 그렇게나 수상한 점들이 보이면 경계도 하지."
"사전에……?"
"사람을 너무 노골적으로 물렸어."
클라우스는 그레테의 손목을 가볍게 쳤다. 그레테가 총을 떨어뜨렸다. 그걸 빼어 들고 빙글 돌렸다.
다른 소녀가 달려들 기미는 없었다. 만전 상태인 클라우스에게 무작정 덤벼도 승산이 없음을 그녀들도 이해하고 있다.
"눈치챈 이유를 대자면 그냥 눈치챘어. 하지만 수상한 점을 들자면 끝이 없어."

해설을 계속했다.

"피를 흘리는 릴리는 눈에 띄는 골목 중앙에 있었고, 발밑에는 피 웅덩이가 있었어. 오랫동안 거기 있었다는 건 확실하지. 그런데 나 말고는 아무도 없었어. 시민과 경찰이 총성을 타이어 터진 소리라고 착각해서 아무도 그곳에 달려오지 않았기 때문이야. 우연이라고 하기에는 너무 완벽해. 그 목적까지는 불명이지만, 총성과 타이어 펑크 소리를 구분할 수 있는 인물을 함정에 빠뜨리려는 의도는 눈치챘지."

총성은 멀리 떨어져 있던 클라우스에게까지 들렸다.

경찰이나 용기 있는 시민이 인적 없는 뒷골목에 달려갈 것이다. 하지만 펑크 난 자동차를 보고 발을 멈춘다. 그 너머로 가서 다친 릴리를 발견할 수 있는 사람은 특별한 훈련을 받은 스파이뿐이다.

이 순간에 적의 목적은 자신임을 눈치챘다.

물론 그런 건 나중에 갖다 붙인 이유고, 자신은 직감으로 파악했지만.

"노골적인 유도를 눈치채면 자연스럽게 경계해."

클라우스는 확실하게 고했다.

"—오늘 나와 싸운 스파이도 그랬어."

상대는 양옆 집 주민이 동시에 여행 간 것을 수상하게 느꼈다고 했다. 사람을 물리는 방식이 허술했다. 그때는 동포에게 기가 막혔지만, 지금은 남의 일 같지 않았다.

똑같은 실수를 한 소녀들은 멍하니 입을 벌렸다.

클라우스는 소녀들 한 명 한 명에게 시선을 보냈다.

"만약 오늘 임무를 너희에게 맡겼다면 너희는 죽었어."

소녀들은 어색하게 눈을 피했다.

마지막으로 그레테를 보았다. 그녀는 얼굴을 돌리지 않았으나 그 표정에 아까와 같은 패기는 없었다.

"너희에게는 극상의 재능이 있어. 언젠가 꽃피우겠지. 하지만 현재는 실력이 불충분해."

클라우스는 말했다.

"나는 너희를 의지할 수 없어."

소녀들을 남기고서 골목을 나왔다.

그날 밤, 클라우스는 자신의 방에서 한숨을 쉬었다.

'그 녀석들을 임무에 데려가는 건 아직 힘들겠어…….'

오늘 결과를 생각하면 그렇게 판단하지 않을 수 없었다.

'설령 무리를 하더라도 나 혼자 도전할 수밖에 없어.'

그게 합리적인 선택이다.

가혹하더라도 상관없다. 『시체』에게는 혼자서 도전할 수밖에 없을 듯했다.

'새로운 팀을 운영하는 건 어렵군…….'

새삼 그런 감상이 들었다.

하루를 끝냈어도 할 일은 아직 수두룩하게 남아 있었다. 그리고 그중에는 세계 최강인 자신만이 처리할 수 있는 임무도 있었다.

피곤하긴 하지만, 여기서 자신이 무리하지 않으면 누군가가 대신 목숨을 잃는다.

'문제가 산더미야…….'

—잇달아 밀어닥치는 고난도 임무.

—그것들을 안전히 달성할 수 있으리라고 장담하기 어려운 부하들.

—착실하게, 그리고 확실하게 쌓여 가는 자신의 피로.

—시시각각 다가오는 불가능 임무「암살자 살해」.

팀 편성을 얕보지는 않았지만 이 꼴이었다.

헤매면서 정답을 모색할 수밖에 없다.

이끌어 주는 스승과 보스는 이제 없다. 존경할 만한 동료는 잃어버렸다.

교관임과 동시에 일류 스파이. 그 두 가지 역할을 다하려면 어떻게 해야 하는가.

'『화염』의 동료는 이제 없어. 내 몸을 망치더라도 그 녀석들을…….'

그런 생각을 하며 클라우스는 무심코 눈을 감았고—.

생각하다가 졸고 말았다.

앉아 있던 의자의 등받이에서 몸을 뗐다.

침대가 아닌 곳에서 잠든 게 얼마 만일까. 소년 시절로 돌아간 기분이었다. 훈련한 뒤에는 곧잘 홀의 소파에서 곯아떨어졌었다.

무의식적으로 또 과거의 환영에 사로잡혀 있음을 깨닫고 고개를 좌우로 흔들었다. 세계 최강의 스파이를 자부하는 인간이 그런 멍청한 남자라니 웃기지도 않는다.

자신의 의식을 각성시킨 것은 상냥한 풀 내음이었다.

"……그레테?"

"오늘의 차를 가져왔습니다……."

찻주전자가 놓인 쟁반을 든 그레테가 책상 바로 옆에 있었다.

"푹 주무실 수 있게 허브티를 준비했지만, 반대로 깨워 버린 모양이네요……."

"아니, 상관없어. 잠깐 잤을 뿐이야."

"낮에는 훈련에 어울려 주셔서 감사합니다……. 조금 전에 반성회가 끝난 참입니다……."

그레테는 재빨리 찻잔에 차를 따랐다.

자신이 졸고 있었으니 습격을 꾀하면 됐을 텐데.

그렇게 느꼈지만 그녀에게도 그녀의 방침이 있는 듯했다. 허브티에 독을 탄 흔적은 없었다.

그레테는 차를 내밀고 두 팔을 크게 옆으로 벌렸다.

"……자, 마지막으로 저와 포옹을 나누면 완성—."

"그건 됐어."

감사히 차만 받았다.

그레테는 노골적으로 아쉬워하는 시선을 보냈다. 당연히 클라우스는 무시했다.

“너는 한결같군.”

이쯤 되니 칭찬이 나왔다.

낮에 패배하고 포기할 줄 알았는데 어프로치가 끊이지 않았다. 차를 입에 머금은 순간, 목이 말랐음을 자각시키는 기막힌 타이밍도 훌륭했다.

“일부러 솔직히 묻겠는데.”

슬슬 확인하고 싶었다.

“너는 나를 좋아하나?”

“……읏!”

그레테의 어깨가 떨렸다.

줄곧 잡고 있던 쟁반을 떨어뜨릴 뻔해서 허둥지둥 다시 잡았다.

“……여, 역시 보스.”

눈을 동그랗게 뜨고 있었다.

“……용케 눈치채셨네요.”

“숨기고 있었던 거야……?”

“…….”

한동안 침묵하다가 그레테가 나직이 중얼거렸다.

“……예상대로예요.”

“거짓말하지 마.”

그레테는 쿨하게 말했지만 역시 흘려버릴 수 없었다.

스파이의 연애 감정은 어려운 문제다. 임무보다 연정을 우선하는 자도 있고, 상황에 따라서는 약점이 될 때도 있다. 계속 모르는 척 한다면 생각지 못한 곳에서 말썽이 생긴다.

확실하게 일러야 할 때다.

"그레테, 나는 네 마음에—."

"대답은……."

그레테의 목소리가 떨리고 있었다.

"……기다려 주세요."

강제로 차단되었다.

그녀는 고개를 가로저었다.

"……그건, 마음의 준비가 안 됐어요."

"가능하다면 확실히 해 두고 싶어."

"하지만……."

사그라질 듯한 목소리를 듣고 있자니 미안해졌다.

스파이라고 해도 상대는 열여덟 살 소녀다. 남의 마음에 함부로 간섭하는 짓은 삼가야 할까.

"미안. 그럼 다음 기회에 하지."

"……감사합니다."

"다만 공과 사를 혼동하면 안 된다는 말을 하고 싶었어. 내일부터는 차를 끓이지 않아도 돼. 너는 내 하녀가 아니야. 나는 신경 쓰지 말고 훈련에 힘써."

그레테는 불만스러운 얼굴로 입을 다물었다.

그녀의 연심을 정중히 다루고 싶긴 하지만 지금 자신은 힘에 부쳤다.

교관과 스파이, 거기에 더해 남자로서의 책임까지 짊어질 여유는 없었다.

"……알겠습니다."

이윽고 그레테는 고개를 끄덕였다.

"하지만 최소한 이 보고서만이라도……."

"보고서?"

"오늘 보스가 달성한 임무의 보고서입니다……."

그레테는 몰래 들고 있던 서류를 건넸다. 종이 몇 장이 철되어 있었다.

"주제넘은 짓이라고는 생각했지만…… 보스가 고전 중이라고 하셔서."

"……대필해 준 건가."

"네……. 보스의 움직임을 지켜보고 쓸 수 있는 범위만이라도 쓰자 싶어서요."

내용을 확인했다. 자신의 움직임이 세세하게 기록되어 있었다.

감시받는 느낌은 받지 못했으니 상당히 먼 거리에서 쌍안경을 이용했을 것이다. 이것도 자신의 임무에 누를 끼치지 않으려고 배려한 결과인가.

"이쯤 되니 역시 대단하다는 말밖에 안 나오는군. 너는 배려가 과해."

"……기대고 싶어지셨나요?"

"그 질문은 무시하겠지만 감사 인사는 하지. 고맙다."

그레테는 정중하게 고개를 숙였다.

고개 숙여야 할 사람은 이쪽이지만, 그녀다웠다.

그레테는 다 마신 찻잔을 정리하고 방에서 나가려고 했다.

클라우스는 부하의 헌신을 치하하고 책상으로 향했다. 휴식하여 기력을 되찾았다. 『시체』와의 싸움에 대비해 자신의 일에 착수하려다가—.

"아니, 잠깐 기다려."

—그레테를 붙잡았다.

위화감이 들었다.

잘 단련된 직감이 그 이상한 감각에 경종을 울렸다.

무언가를 놓치고 있다. 그 무언가를 이성이 강제로 건져 올렸다.

"그렇다면 너는 언제 이번 계획을 세웠지?"

막 방을 나가려고 했던 그레테가 고개를 갸웃했다.

"언제, 라고 하심은……?"

"너무 빨라."

클라우스는 의아해하는 시선을 보냈다.

"나는 오늘 임무를 누구에게도 말하지 않았어. 네가 계획을 짤

틈은 없었을 텐데."

이번 습격은 소녀들에게 준비 기간이 없었다.

클라우스가 릴리를 차에 태운 것은 즉흥적인 행동이었다. 임무의 내용도 전하지 않았다. 하지만 소녀들은 다소 흠은 있었으나 그레테를 중심으로 연계하여 릴리를 조종했다.

그것만으로도 충분히 평가할 만한데 거기다 다른 일도 병행했다고?

그레테는 입가에 손을 댔다.

"음…… 릴리 씨에게 부착한 발신기가 이동한 걸 보고 장소를 예측하고, 기차에 올라타서, 시간을 들여 상황을 파악하고……."

그레테는 작게 중얼거리며 정보를 정리했다.

그리고 답을 뱉어 냈다.

"2초……. 그게 이번 계획을 다듬은 시간입니다……."

짧다.

하지만 거짓말 같지는 않았다. 클라우스가 찾아간 도시까지 이동하고 클라우스와 릴리가 어디 있는지 파악하는 시간, 사람을 물리는 시간을 고려하면 계획을 짤 시간은 전무했다.

압도되었다.

물론 클라우스라면 똑같은 시간에 더 퀄리티 높은 계획을 생각해 낸다. 하지만 그건 클라우스가 세계 최강을 자부할 만큼 뛰어난 스파이이기 때문이다.

그레테의 두뇌는 이미 평범한 스파이를 뛰어넘었다.

고작 두 달 전까지 양성 학교에서 낙오자였던 소녀가—.

재능만으로는 설명할 수 없는 성장 속도였다.

"……칭찬받을 만한 일은 아닙니다."

그레테는 고개를 가로저었다.

"사전에 몇백, 몇천 번 시뮬레이션했던 계획 중 하나를 시도했을 뿐입니다……. 매일 보스와 싸우다 보면 정교한 예상이 가능하죠. 그렇게 매일 밤 보스를 공략할 방법을 짜고, 아이디어를 모으고, 그 비축분에서 상황에 맞는 한 가지를 고를 뿐입니다……."

"너는 그렇게까지……."

"당연하죠. 마음에 품은 상대가 몸을 망가뜨리며 혼자 임무에 임하고 저를 의지해 주지 않는걸요. 버팀목이 되기는커녕 훈련까지 도움을 받고 있어요……."

그레테는 울 것 같은 눈으로 고했다.

"정인의 부담밖에 안 되는 무력한 자신이 참을 수 없이 답답해요……."

클라우스는 아연하게 마주 보았다.

몇천 번을 반복한 그 계산이 급성장의 요인이란 말인가?

너무나도 깊은 애정이었다.

클라우스는 이해할 수 없었다.

—왜 그레테는 자신에게 이렇게나 마음을 바치는가?

그 답은 클라우스의 직감으로도 파악할 수 없었다.

하지만 지금 우선해야 할 사항은 따로 있었다.

"——."

망설임은 일순. 결단에 시간은 걸리지 않았다.

광명이 비쳤다.

꽉 막힌 이 상황을 타개할 수단이 생겼다.

그렇다면 우선은 그레테의 오해부터 풀자.

"그레테."

클라우스는 말했다.

"나는 너를 부담이라고 생각 안 해."

"……예?"

"오히려 고맙게 여기고 있어. 『화염』의 상실로 생긴 마음의 공동을 너희가 메꿔 줬어. 사실은 내가 누구보다도 『등불』의 존속을 바라고 있어."

그레테가 양쪽 눈썹을 올렸다.

"그런가요……?"

"그래. 그래서 너무 신중해진 거야. 꼴사나울 정도로."

겁쟁이라고 비난할 것이다.

소중히 생각한다. 그렇기에 잃고 싶지 않았다.

하지만 그래도 한 걸음을 내디뎌야 했다. 무서워하기만 해서는 아무것도 잡을 수 없다.

"암살자 살해— 그게 다음 임무다."

"……예?"

그레테가 눈을 크게 떴다.

"그레테, 힘을 빌려주겠어? 네가 필요해."

그녀의 이지와 애정에 걸어 볼 수밖에 없다.

팀이 다음 단계로 나아가려면 그녀의 강한 각오가 불가결하다.

그레테는 숨을 크게 들이쉬었다.

"혹시 그건……."

"뭐지?"

"……프러포즈인가요?"

"아니야."

어깨에서 힘이 빠졌다.

뭘 어떻게 해석한 것인지. 역시 자신의 마음을 확실하게 전해야 할까.

"……농담입니다."

하지만 클라우스가 입을 열기 전에 그레테는 옅게 웃었다.

"보스, 저는 이 사랑이 보답받는 걸 조금도 기대하지 않습니다……. 사랑에 보상을 바라지 않습니다……. 하지만 제 대답은 정해져 있습니다."

정숙하면서도 올곧은 목소리였다.

"—기꺼이 받아들이겠습니다. 그것이 당신과 당신이 만드는 팀을 위해서라면."

눈동자에는 망설임이 없었다.

그 애정의 근거는 불명이지만, 한 가지는 말할 수 있었다.

"—극상이야."

"……예상대로입니다."

클라우스가 고하자 그레테는 정숙한 목소리로 중얼거렸다.

어쨌든 마침내 새로운 가능성을 찾았다.

지난번을 웃도는 난이도의 불가능 임무— 그것을 완수할 방책은 생각났다.

"멤버 네 명을 선발한다."

"선발……?"

"그래. 안타깝지만 이번 임무에는 여덟 명 전원을 데려갈 수 없어."

클라우스는 고개를 끄덕였다.

"현시점에서—『등불』 최강의 네 명과 암살자에게 도전하겠어."

2장 회유

선발.

클라우스의 결단은 바로 소문이 났다.

그레테뿐만 아니라 다른 소녀들도 현재 상황에는 의문을 느끼고 있었다.

—클라우스가 혼자 다 하는 일인 체제.

보스가 명령권을 독점하는 것은 당연하다. 하지만 임무도 클라우스가 전부 소화한다면 이야기가 다르다. 그뿐만 아니라 보고나 경리 등의 자잘한 사무 작업도 클라우스가 담당하고 소녀들을 지도하기까지 했다. 정신이 아득해지는 연속 무휴 기록을 경신하면서.

하나의 팀이라고 하기에는 너무 뒤틀린 구조였다.

하지만 그 의도는 명백했다.

—자신들을 단련에 집중시키기 위해서다.

무력감이 괴롭혔으나 해소법은 하나뿐이었다.

—성장할 수밖에 없다. 클라우스가 의지할 수 있는 수준까지.

그렇게 판단하고 소녀들은 훈련에 힘썼다. 피로를 쌓는 클라우스에게는 미안하지만, 일부러 그 빈틈을 찌르는 습격을 꾀했다. 클라우스가 없을 때는 꾸준히 근력 트레이닝 등을 했고, 때로는 동료끼리 속고 속이며 훈련했다.

그리고 마침내 자신들에게 임무가 날아들었지만—.

"네 명을 선발…… 당연히 나머지 네 명은 집을 지키겠죠."

릴리가 기운 없는 목소리로 투덜거렸다.

그녀는 고글을 쓰고 책상과 마주해 있었다. 책상에 있는 것은 수상한 기재들. 그리고 대량의 담배. 담배를 해체하고 팔팔 끓여서 니코틴을 추출했다. 그 밖에도 벌레나 식물을 빻아 독을 빼내 다른 것과 조합해 나갔다.

평소에 얼빠진 구석이 많은 릴리지만 독 제작에는 실수가 없었다. 말하면서도 착착 정확하게 진행했다.

"뭐, 타당하긴 하지."

대답한 사람은 백발 소녀— 지비아.

늠름한 소녀였다.

칼처럼 날카로운 눈매와 야수를 연상시키는 늘씬한 체구의 소유자. 릴리와 똑같은 열일곱 살로 그녀와 자주 같이 다녔다.

지비아는 릴리의 침대에서 자물쇠를 푸는 훈련 중이었다. 손에는 피킹 도구. 그리고 수북이 쌓인 자물쇠 수십 개. 그걸 닥치는 대로 열고 있었다.

"우리한테 임무를 맡기기는 불안하고. 하지만 이대로 그 녀석 혼자 계속해도 언젠가 한계가 와. 그렇다면 우수한 네 명만 데려간다는 판단은 필연이지."

「그렇죠~ 나쁘지 않은 방법이긴 해요」라고 릴리가 중얼거렸고,

「합리적이긴 한데」라고 지비아가 대답했다.

“하지만 그렇단 말이죠~.”

“하지만 그렇단 말이지.”

두 사람의 불안 섞인 목소리가 함께 나왔다.

““팀 분위기가 안 좋아질 것 같아…….””

지금까지 『등불』의 소녀들은 여덟 명 전원이 협력했다. 누구나 평등하게 역할을 맡았고 저마다 그 힘을 발휘하며 훈련과 임무에 임했다. 그 성과에도 불균등은 없었다.

그랬는데 이제 와서 4인 선발—.

“뭐, 언젠가 이런 날이 올 거라고 각오는 했었어요. 두 달이나 함께 있으면 누가 우수한지는 어렴풋이 보이니까요.”

“참고로 네 예상은?”

“물론 미소녀 리더인 릴리를 필두로—.”

“진지하게 대답하면?”

“……모니카는 확실하겠죠.”

불손한 청은발 소녀— 모니카.

가장 우수한 소녀를 꼽으라고 하면 가장 먼저 나오는 이름이다. 연기, 발상력, 격투, 사격 등 모든 기능에서 최상위급. 양성 기관에서는 일부러 대충 지냈다고 호언하는, 낙오자 집단 『등불』의 예외

적 존재. 틀림없이 클라우스에 버금가는 실력자다.

그리고 지비아, 릴리와 같은 실행조이기도 했다.

"우리는 분명 제외될 거예요!"

"그렇겠지!"

릴리의 비통한 외침에 지비아도 동의했다.

『등불』은 세 조로 나뉜다. 정보 정리·입안·지휘를 담당하는 「정보조」, 정보조의 명령을 수행하는 「실행조」, 그리고 특수 기능으로 다른 조를 보조하는 「특수조」.

똑같은 조에 절대적인 에이스가 있다면 두 사람이 뽑힐 가능성은 희박했다.

"오, 슬슬 시간 됐다. 얘기는 나중에."

"음, 요리 당번 말이죠."

두 사람은 이야기를 마무리하고 방을 나섰다. 오늘은 릴리와 지비아가 요리 당번이었다. 소녀들 전원의 저녁밥을 만들어야 했다.

부엌에 도착하니 앞치마 차림의 갈색 머리 소녀가 있었다.

"어라? 사라잖아. 어쩐 일이야?"

"아, 당번임까?"

갈색 머리 소녀— 사라는 살갑게 웃었다.

머리카락은 동물처럼 구불구불하고 눈에서는 쭈뼛거리는 심약함이 느껴지는 소녀였다. 최근에는 조금 나아졌지만 처음 얼굴을 마주했을 때는 항상 울 것 같은 표정을 짓고 있었다. 자타공인 겁쟁이, 지켜 주고 싶어지는 여자아이. 열다섯 살이라는 어린 나이도 그 요인 중 하나일지도 모른다.

사라는 요리 당번도 아닌데 어째선지 식칼을 쥐고 있었다.

"선생님이 요리를 만들어 달라고 부탁해서요. 지금 그레테 선배와 작전 회의하느라 바쁜 것 같습다."

이유를 묻자 사라는 그렇게 대답했다.

그녀는 동료를 『선배』라고 불렀다. 양성 기관에 가장 늦게 들어간 것이 이유였다.

릴리는 「흐응~ 선생님이 요리를……」 하고 의외라는 듯 중얼거렸다.

보기 드문 일이었다.

클라우스는 자신의 집안일을 소녀에게 맡기지 않았다. 소녀들은 어디까지나 스파이팀의 부하라고 구분하고 생활에 관여하지 않았다. 그 규칙을 깰 만큼 바쁘다는 건가.

""……""

릴리와 지비아는 시선을 마주하고 동시에 고개를 끄덕였다.

"기회예요! 독을 가져올게요!"

"결단이 너무 빠릅다!"

사라가 비명을 질렀다.

"나는 구속용 와이어를 가져올게."

"군더더기 없는 연계?!"

바로 계획을 짜기 시작하는 두 사람을 사라가 필사적으로 만류했다. 하지만 두 사람은 전혀 멈추지 않았고 자기 방에서 무기를 가져왔다.

두 사람의 사고는 일치했다.

—이게 자신들이 선출될 마지막 기회일지도 모른다.

"문제는 이렇게 셋이서 어떻게 독을 먹이는가 하는 거지."

"어느새 저도 멤버군요……."

사라가 어이없다는 표정을 지었다. 반항해도 소용없으리라는 체념이 눈에 떠올라 있었다.

세 사람은 식자재를 늘어놓고 부엌에 섰다.

"지금까지 겪은 실패를 들자면."

릴리가 마비독이 든 작은 병을 만지작거리며 손장난을 쳤다.

"홍차나 요리에 독을 탔을 때는 손대지 않았어요. 식기에 발라 볼까요?"

클라우스에게는 기본적으로 연기가 통하지 않는다. 함정에도 민감하다. 동요시켜서 집중력을 떨어뜨리지 않는 한, 독이 든 요리를 먹어 주지 않을 것이다.

"선생님은 정말 괴물임다."

사라도 머리를 싸맸다.

그 후로도 「식탁 위 조미료에 독을 섞어서 직접 뿌리게 한다」「매운 요리를 만들고 물에 독을 탄다」「릴리의 그릇에 독을 섞고 『아~』 하고 먹인다」 등이 제안되었으나 이렇다 할 아이디어는 떠오르지 않았다.

계속 고민하고 있으니 지비아가 이상하다는 듯 고개를 갸웃했다.

"음~? 제일 간단한 수단이 남아 있는 것 같은데."

사라가 말을 멈췄다. 기대가 담긴 목소리로 「예? 뭔가요?」 하고 물었다.

지비아는 태연하게 고했다.

"요리에 독을 타는 거잖아? 그럼 맛있는 요리를 만들면 그만 아니야?"

"……."

사라가 눈을 끔뻑였다.

"……?"

그리고 도움을 구하듯 릴리를 보았다.

아무래도 그녀는 아직 지비아의 특징을 파악하지 못한 모양이었다.

"사라."

릴리가 해설을 시작했다.

"지금껏 숨겼지만 저는 덜렁이예요. 예를 들자면 필기시험에서 문제를 전부 잘 풀고 해답란을 틀려서 0점을 받는 타입이에요."

"넵."

"그리고 여기 있는 백발은 진지하게 시험 치고 평범하게 0점을 받는 타입이에요."

릴리가 손으로 가리키며 지비아를 소개했다.

지비아는 릴리의 엉덩이를 걷어찼다.

"그게 무슨 비유야!"

"지비아가 얼마나 바보인지를 나타내는 완벽한 비유죠!"

"너도 0점이잖아!"

"지성이라고는 전혀 없는 막무가내 전법밖에 못 쓰는 인간보다는 나아요!"

혼신의 마음을 담아 릴리가 외쳤다.

릴리의 얼간이 짓에 가려져 있지만 지비아도 상당했다.

사고법은 기본적으로 직구. 힘으로 해결. 정면 돌파.

클라우스에게 연기가 통하지 않는다면 아무것도 모르는 아군을 돌격하게 해서 폭발시킨다. 클라우스에게 정공법이 통하지 않는다면 잠잘 새도 쉴 새도 없이 계속 습격한다. 최대한 심플한 해답으로 승부한다. ―그게 지비아다.

지비아는 질 수 없다는 듯 주장했다.

"잔말 말고 일단 작전을 들어 봐. 먼저 끝내주는 요리를 준비하는 거야. 사상 최고의 요리를. 타깃은 당연히 방심하겠지. 그 후에 독이 든 홍차로 마무리. ―최선의 방법이지?"

"으음. 확실히 그게 가능하다면 이상적이긴 한데."

릴리가 침음을 흘렸다.

말로 표현하니 아주 엉뚱한 작전도 아니지만―.

"하지만 어떻게요? 말이야 쉽죠."

"내가 준비한 게 있어."

지비아는 자신만만하게 말했다.

"예전에 그 남자가 점심 만드는 광경을 봤거든. 뭔가에 쓸모 있겠다 싫어서 순서를 전부 메모했어."

지비아의 손에 종이가 한 장 있었다.

필요한 재료와 조미료, 분량, 공정에 들인 시간이 상세히 적혀 있었다.

"그 녀석은 요리 실력도 천재적이고, 심지어 이건 자기가 먹으려고 만든 요리야. 이대로 만들면 반드시 최고의 요리가 완성돼."

"오, 과연."

밝게 말하니 좋은 책략이라는 생각이 들었다.

다른 작전이 떠오르지 않는 것도 사실이었다. 일단 시도해 볼까.

이리하여 방침은 일치됐다.

"자! 그 녀석이 이성을 잃을 만큼 끝내주는 요리를 만들어 주자고!"

지비아가 독려하자 릴리와 사라는 「오~!」 하고 구호를 맞췄다.

시행착오를 거듭했다.

클라우스의 요리를 재현하는 것은 간단한 작업이 아니었다. 클라우스는 계량 없이 요리하기에 조미료의 분량은 지비아의 눈대중을 믿을 수밖에 없었다.

요리는 사라가 담당했다. 그녀는 레스토랑 셰프의 딸이었다. 그녀를 보조하는 형태로 지비아가 기억을 더듬었다. 여러 시작품이 탄생했으나 릴리의 「시식은 맡겨 주세요!」라는 든든한 대사를 믿었다. 그녀는 남김없이 먹어 치우고 다음 요리를 요구했다. 욕망으로 똘똘 뭉친 듯한 여자였다.

평상시 저녁 시간을 두 시간이나 넘기고 나서야 겨우 납득할 만한 요리가 완성됐다.

캐비지롤.

곧바로 릴리가 다른 소녀들에게 가서 「이번에야말로 완벽한 계획을 세웠어요」 하고 선전했다. 다른 소녀들은 회의적인 반응을 보였지만 릴리가 「실패하면 알몸으로 춤출게요. 지비아가」라고 멋대로 약속하자 행동에 나섰다. 소녀들은 각자 몰래 무기를 소지하고서 식당에 모였다. 클라우스를 중독시킨 후 끝장낼 속셈이었다.

여덟 명이 식탁에 둘러앉자 클라우스를 불러내 야심 찬 일품을 대접했다.

"—극상이야."

그렇게 그는 절찬했다. 평소보다 표정이 부드러웠다.

"만들어 달라고 해서 미안해. 고맙다. 최고의 요리야."

"그렇지?"

지비아가 자랑스러워하며 미소 지었다.

"많이 있으니까 더 먹어. 릴리, 겸사겸사 차도 끓여 줘."

지비아 뒤에 숨어 릴리가 흡족하게 웃었다. 노린 대로 클라우스는 방심하고 있었다. 아무런 경계도 안 하고 독이 든 홍차를 마실지도 모른다.

여덟 소녀는 클라우스에게 달려들 타이밍을 기다렸다.

"그래."

클라우스가 맞장구를 쳤다.

"하지만 구태여 바라자면—."

거기서 그는 일어나 식당 옆에 있는 부엌으로 향했다.

부엌에는 남은 캐비지롤이 있었다. 클라우스는 거기에 부을 화이트 스튜에 조미료를 더하고 섞었다. 그것을 여덟 그릇에 나눠 담은 캐비지롤에 붓고 마무리로 향신료, 비니거, 오일을 순서대로 뿌린 뒤 소녀들 앞에 늘어놓았다.

"—이런 맛이 된다면 더욱 좋겠지."

""""""""""…………""""""""""

불길한 예감이 들었다.

숨을 삼킨 소녀들은 숟가락을 잡고서 조심조심 캐비지롤을 잘라 입에 넣었고— 그 순간 이성을 빼앗겼다.

정신을 차렸을 때, 클라우스는 식당에 없었다.

소녀들은 습격을 잊고서 허겁지겁 캐비지롤을 먹었고 스튜의 마지막 한 방울까지 빵으로 싹싹 닦아 냈다. 만족한 상태로 뭔가를 잊은 것 같다고 생각하며 식후 홍차를 마셨고 몸이 마비되어 바닥을 뒹굴었다.

완패였다.

지비아, 릴리, 사라를 제외한 멤버는 이 결과를 예상했다는 듯 후들거리는 다리를 움직여 침실로 돌아갔다. 몇 명은「알몸 댄스 기대할게」 하고 지비아에게 말했지만 그녀는 무슨 말인지 전혀 이해하지 못했다.

사람이 줄어든 식당에서 릴리는 크게 한숨을 쉬었다.

"설마 독을 먹이기 전에 실패할 줄은 몰랐어요……."

지비아와 사라도 고개를 끄덕였다.

"젠장! 완벽하게 재현했다고 생각했는데."

"결정적으로 달랐죠. 몸이 기뻐하는 듯한 감각이었습니다."

인정할 수밖에 없었다. 자신들은 요리로도 클라우스에게 아득히 미치지 못한다.

그는 이 기술을 이용해 스파이 활동을 벌일 것이다. 귀족의 요리사로 잠입할지도 모른다. 혹은 이성에게 대접하여 구슬릴지도 모른다.

괜히 세계 최강이라고 자칭하는 것이 아니었다.

그래서 납득하고 말았다.

그가 자신들을 의지하지 않는 이유를—.

"뭐, 이번 임무는 포기할까."

"그러네요……."

한숨 같은 지비아의 코멘트에 릴리는 동의했다.

이번에 자신들은 참가하지 못할 것이다. 『등불』에는 자신들보다 우수한 소녀가 몇 명이나 있다.

사라도 생각하는 바가 있는지 쓸쓸하게 고개를 끄덕였다.
숙연한 분위기 속에서 릴리가 입을 열었다.
"……하지만 지금은 발상을 역전하기로 해요."
"의기양양한 얼굴로 무슨 소리야?"
"저희는 낙선하겠죠. 하지만 그렇기에 사명이 있어요. 임무에서 제외된 인간이 슬퍼하면 팀은 어떻게 되겠어요?"
"……서로 마음 쓰느라 분위기가 무거워지겠지."
"그걸 회피할 수단은 하나. 제외된 인간 쪽에서 밝게 축하하는 거예요."
지비아가 「오」 하고 말했다. 납득했다는 듯 손뼉을 쳤다.
"그러네. 길게 보면 중요한 역할일지도."
그럼요, 그럼요. 릴리가 웃었다.
물론 자신이 뽑히는 것이 최선이지만, 실패했으니 태세 전환이다. 그녀들도 동료와의 유대를 잃고 싶지는 않았다.
"저, 저기."
거기서 사라가 쭈뼛쭈뼛 손을 들었다.
"그거…… 도와드리고 싶습다. 솔직히 저도 뽑힐 것 같지는 않아서……."
릴리도 지비아도 부정하지 않았다.
스파이 양성 기관에 다닌 햇수가 가장 적은 사라는, 어쩔 수 없는 일이지만, 기량이 떨어지는 면이 있었다. 그녀와 같은 특수조의 에르나, 아네트는 독특한 특징이 있긴 해도 우수한 인재였다.

말로 꺼내지는 않지만 그건 두 사람도 알았다.

"물론 좋지."

지비아가 쾌활하게 웃었다.

"셋이서 축하해 주자."

해야 할 일이 정해지자 자연스럽게 분위기가 밝아졌다.

지비아는 소파에서 일어나 자신의 뺨을 가볍게 때렸다.

"아자아자! 더는 우물쭈물하지 않겠어!"

"맞아요! 시원하게 축하하자고요!"

"그럼 우선 모니카부터 축하할까? 그 녀석은 확실하게 뽑히겠지."

"저도 찬성임다! 모니카 선배를 미리 축하하죠."

"네! 커다란 파르페라도 만들어 줘요!"

신이 난 세 사람은 사이좋게 파르페를 만들기 시작했다.

셋 다 스파이 세계가 얼마나 엄격한지 뼈저리게 알고 있었다. 여덟 명이나 소녀가 모이면 우열이 생긴다. 모두의 실력이 똑같다는 건 있을 수 없는 일이다. 그리고 그 불균등을 못 본 척해 줄 만큼 스파이 세계는 녹록하지 않다.

양성 기관에서 지긋지긋하게 맛보았다.

하지만 그렇다고 토라지지는 않았다.

각자 잘하고 못하는 게 있어도—『등불』은 하나니까!

그것을 증명하듯 특대 파르페를 만들었다. 과일과 초콜릿, 휘핑

크림이 수북했다.

세 사람은 마지막으로 딸기를 하트 모양으로 도려내 하나씩 올렸다.

애정이 듬뿍 담긴 파르페가 완성되자 발소리를 죽이고 살금살금 모니카의 방으로 다가가 일제히 뛰어들었다.

"""모니카를 응원하러 왔습니다아아아!"""

—자신들은 뽑히지 않아도 상관없다. 활약을 기대한다. 특제 파르페를 먹어 달라.

그런 말들을 순수하게 전하며 세 사람은 격려의 메시지를 보냈다.

"모니카는 틀림없이 선출될 거예요." "우리 몫까지 힘내라." "응원하겠습니다."

축하받은 상대는 아주 싫지만은 않은 듯했다.

하길 잘했다.

세 사람이 성취감에 휩싸여 방을 나오니 복도에 클라우스가 서 있었다.

"아아, 그래. 너희."

그가 담담히 고했다.

"짐을 싸. 그레테, 릴리, 사라, 지비아는 내일 기차에 탄다."

""""엇…….""""

"임무 시간이다."

세 사람은 아연히 입을 벌렸다.

임무에는 자신들이 뽑힌 모양이다. 그 사실이 놀라운 것보다도 신경 쓰이는 점이 있었다.

"저, 저기, 모니카는 그 멤버에……?"

"음? 그 녀석은 대기할 예정인데?"

클라우스는 태연하게 말했다.

선발로 팀 분위기가 어색해지게 둘 순 없다. 그런 배려심으로 만든 서프라이즈 파르페였지만—.

""""……""""

—결론을 말하자면 몹시 어색해졌다.

◇◇◇

"나랑 싸우자는 거야? 아까 그 파르페는 왜 만들었어? 약 올리려고? 사라는 괜찮아. 어차피 말려든 거겠지. 문제는 너희야, 너희. 팀의 양대 얼간이에게 휘둘리는 내 심정도 슬슬 헤아려 주지 않을래? 응?!"

진짜로 열받은 모니카에게 멱살을 잡혀 그런 말을 들은 지비아는 클라우스의 방으로 향했다.

"야, 인마아아아아아아아아아아아아!"

"위세가 좋군."

지비아는 노크조차 하지 않고 방에 들어갔다.

클라우스는 갑작스러운 침입자를 신경 쓰지 않았다. 이미 익숙하다는 듯 냉정한 얼굴로 의자에 앉아 뭔가를 쓰고 있었다.

성큼성큼 클라우스에게 걸어가 말을 던졌다.

"타이밍이 나쁘다고! 웃기지 마!"

"이번에 나는 아무것도 잘못하지 않았잖아."

드물게도 정론이었다.

지비아는 헛기침하여 기분을 진정시켰다. 평소처럼 무심코 호통치고 말았다.

"……이봐, 하나 물어봐도 돼?"

"뭐지?"

"선발, 정말 우리로 괜찮겠어?"

"불만인가?"

"아, 아니, 무진장 기뻐. 하지만 당신이 어떻게 생각하고 있는지 듣고 싶어서."

긴장을 늦추자 웃음이 비죽 새어 나왔다.

클라우스의 행동에는 태클을 걸 부분이 많지만 그의 실력은 존경했다. 지금껏 만난 사람 중에서 가장 뛰어난 스파이였다. 그런 상대에게 인정받았는데 기쁘지 않을 리가 없다.

그렇기에 진의를 묻고 싶었다.

지비아도 릴리도 사라도 특별히 우수한 소녀라고 하기는 어려웠다. 왜 뽑혔는가?

"흠, 그럼 솔직히 대답할까."

"그래."

"—불안하기만 해."

"너무하네!"

무심코 외쳤다.

클라우스는 얼굴을 들고 지비아의 오른팔을 펜촉으로 가리켰다.

"금이 간 오른팔은 어떻지?"

"윽, 그건—."

"완치되지 않았지? 실력의 반절도 발휘할 수 없을 테지."

역시 간파하고 있었나 보다.

뼈에 금이 간 오른팔— 지난번 불가능 임무 중에 다친 것이었다.

괴물 같은 어떤 남자의 발차기를 막았다. 달인이 진심으로 날리는 일격은 흘려 넘길 수 있는 수준이 아니었다. 단 한 방에 전투불능이 되었다.

한 달 가까이 지나서 거의 낫기는 했지만 완전하다고 말하기는 어려웠다.

"그럼 왜 나를 뽑았어?"

"선발에는 이유가 있어. 하지만 아직 밝힐 수 없어."

"……일단 묻겠는데, 그냥 뽑은 거라 설명을 못 하는 건 아니겠지?"

"……."

"정곡을 찌른 거냐!"

태클은 걸었지만 역시 농담일 것이다.

스파이는 임무의 전모를 상세히 듣지 못한다. 너무 자세히 알면 목숨이 노려지기도 하고, 정보가 누설될 위험도 있다. 머리로는 알고 있지만 당장 납득이 되지는 않았다.

클라우스가 한숨을 쉬고 팔짱을 꼈다.

"일부를 밝히자면, 적어도 너는 명확한 의의가 있어."

"의의?"

"너는 급료를 전액 익명으로 고아원에 기부하고 있지?"

"어이, 어떻게 알았어?"

식은땀이 났다.

불가능 임무라는 목숨을 건 일을 완수하여 지비아의 계좌에는 거액의 보수가 입금되었다. 지비아는 그걸 건드리지 않고 어떤 고아원에 송금했다.

아무에게도 밝히지 않았을 텐데―.

"그렇게 대담하게 돈을 움직이면 윗선은 이중 스파이를 의심해. 내가 설명해 뒀어."

수상한 기관에 원조하는 자금이라고 오해받은 모양이다.

"널 선발한 건 그것과 관련된 사정 때문이야. 꼭 가 줬으면 하지만……."

거기서 클라우스는 일단 말을 멈췄다.

지비아의 팔과 얼굴 사이에서 몇 번 시선을 왕복하고 한숨을 쉬었다.

"……확실히 오른팔을 다치기도 했지. 아쉽지만 몸 상태가 안 좋다면 참가하지 않아도 돼."

이 선발에는 역시 갈등이 있는 듯했다. 목소리에 근심이 가득했다.

지비아는 황급히 손을 내저었다.

"잠깐만. 딱히 참가하기 싫다는 건 아니야. 그런 식으로 당신이

괜한 걱정을 하는 게 아닌가 확인하고 싶었던 거야."

"……."

클라우스가 말없이 바라보았다.

"당신은 기본적으로 대담한데 동료와 관련된 문제가 되면 갑자기 신중해지더라."

"그런 것 같아."

그의 성격은 파악하고 있었다.

자기 자신의 행동은 대담했다. 세계 최강을 자칭하며 늘 자신감 있게 행동했다. 하지만 동료를 의지할 국면이 되면 망설임을 보였다.

물론 그 이유도 헤아리고 있었다. 과거에 동료를 잃은 트라우마 때문이리라.

"—걱정 안 해도 돼. 그 말을 하러 왔어. 나는 뽑혀서 엄청나게 기뻤어."

지비아는 클라우스에게 주먹을 내밀었다.

"이래 봬도 양성 학교에서 날 발견해 준 걸 은혜로 여기고 있어. 당신의 기대에는 두 배로 부응해 주겠어. 그레테도 열심히 하고 있잖아. 나도 질 수 없지."

지비아도 양성 학교에 있을 때 좌절했던 인간이다. 스파이로서 야망도 있었다. 노력도 게을리하지 않았다. 하지만 불행이 거듭되어 도망치기 직전까지 몰려 있었다.

『등불』에 스카우트되지 않았다면 자퇴했다.

클라우스는 눈을 감고 팔짱을 꼈다.

"—극상이야."

마음이 전해졌는지는 모르겠지만 깊이 고개를 끄덕였다.

"너는 팀에서 누구보다 다정해. 때때로 생각이 얕은 구석이 있지만."

"한 마디 사족이야."

사납게 노려보았다.

클라우스가 눈을 뜨고서 「그러네」 하고 중얼거렸다.

"그럼 내가 안심할 수 있도록 훈련을 하나 받지 않겠어? 가볍게 스파링이라도."

"스파링? 아니, 그러니까 나는 오른팔이—."

"나는 한 손가락만 쓰지."

"윽!"

클라우스는 여유로운 표정으로 검지를 들었다.

지비아는 어깨를 으쓱였다. 그가 얼마나 강한지는 잘 알지만, 역시 한 손가락은 무리이리라.

"이봐…… 아무리 다쳤다지만 날 너무 얕보는 거 아니야?"

"그렇게까지 말한다면 네가 패배할 시 메이드복을 입기로 할까."

"어? 뭐야, 뜬금없이?"

"겁먹었나? 그럼 무기도 써도 돼."

도발적인 말투였다.

지비아의 머릿속에서 뭔가가 끊어지는 소리가 났다.

"좋다, 이거야아아아! 뭐든 입어 주겠어!"

"—극상이야."

클라우스는 의자에서 일어나 눈을 가늘게 떴다.

"가끔은 진심으로 상대해 주지."

결판은 2초 만에 났다.

◇◇◇

"너희가 새로 들어온 메이드구나!"

지비아, 그레테, 릴리 앞에 20대 중반 여성이 우뚝 섰다. 힘쓰는 일을 잘할 듯한 쾌활한 웃음을 짓고 있었다. 길게 기른 금발을 뒤로 높이 묶어서 그녀가 움직일 때마다 말의 꼬리처럼 살랑살랑 흔들렸다.

까만 원피스에 하얗게 빛나는 에이프런 차림.

이름은 올리비아. 메이드장이라고 했다.

그녀는 소녀들이 제출한 이력서를 들었다.

"종교 학교 방학 중에 아르바이트인가. 방학 타이밍이 참 기묘하네. 뭐, 정치가의 추천이니 신분을 의심하진 않지만."

그리고서 그녀는 의아한 얼굴로 머리를 긁적였다.

"으음, 이 백발 아이는 왜 메이드복을 노려보고 있는 거니?"

"……아무것도 아닙니다."

지비아는 눈앞의 현실을 여전히 받아들일 수 없었다.

지급된 것은 저택 거주자와 사용인을 구별하는 제복. 눈에 띄지 않게 노동하기 위한 수수한 검은 원피스와 집안일을 하기 쉬운 하얀 에이프런. 중세부터 상류 계급 저택에 이어져 내려온 전통적인 복장이었다.

"……."

지비아는 머리를 짧게 쳤고 눈초리가 날카로운 소녀다. 사랑스러운 여자아이라기보다는 보이시한 외모였다. 그 자각이 있기에 사복은 바지만 입었고, 사실은 평소에 입는 종교 학교 교복조차 찢어버리고 싶었다.

'역시 그 녀석은 언젠가 패 버릴 거야…….'

메이드복은 완전히 미지의 의상이었다.

◇◇◇

—시간은 일주일 전으로 거슬러 올라간다.

출발 전날, 아지랑이 팰리스의 홀에 소녀 네 명이 모였다.

『애랑』 그레테, 적발, 18세. 정보조.

『화원』 릴리, 은발, 17세. 실행조.

『백귀(百鬼)』 지비아, 백발, 17세. 실행조.

『초원(草原)』 사라, 갈색 머리, 15세. 특수조.

이번에 호출받은 소녀들이었다.

그녀들은 소파에 앉아 클라우스를 에워쌌다.

『「시체」, 그렇게 명명된 암살자 제거가 목적이다.』

클라우스는 일어나 설명을 시작했다.

『동포가 목숨과 맞바꿔 모은 정보로 다음 암살 후보자를 예측했어. 우리는 그 후보자의 신변에 숨어들어 「시체」를 찾는다.』

암살자.

그다지 가슴 설레는 임무는 아니었다. 죽고 죽이는 싸움이 될 가능성이 농후했다.

거기까지 설명이 끝나자 릴리가 손을 들었다.

『선생님, 질문이요. 이번 임무는 국내죠?』

『그렇다만?』

『새삼스럽지만 선생님은 때때로 국내 임무를 소화하잖아요? 외국에 잠입하는 스파이가 왜 국내에서 활동하는 건가요?』

다른 소녀도 고개를 끄덕였다.

실은 지금껏 확실하게 설명을 들은 적이 없었다.

『……그래. 지금 한 번 배우기로 하지.』

클라우스는 칠판에 적으며 설명했다. 상당한 악필로.

『대외정보실에는 과가 두 개 있어. 방첩, 주로 국내에서 외국 스파이를 단속하는 1과. 그리고 첩보, 외국에서 근무하며 스파이 활동을 벌이는 2과지.』

일반적으로 1과는 비밀경찰, 2과는 스파이로 불렸다.

『역시 「등불」이 하는 일은 2과인가요?』

『아니, 둘 다야.』

『둘 다?』

『요구받으면 외국이든 국내든 달려가. 다른 팀이 완수하지 못한 임무를 이어받아 성공시킨다— 그게 「화염」이었고, 그걸 물려받은 「등불」의 일이야.』

그레테가 입가에 손을 댔다.

『실질적으로 불가능 임무가 중심이란 거군요…….』

불가능 임무— 동포가 실패한 임무의 통칭이다. 한 번 실패한 임무는 기본적으로 난이도가 껑충 뛴다. 사망률은 90% 이상, 성공률은 10% 미만이라고도 한다.

사라가 고개를 갸웃했다.

『어라? 하지만 저는 양성 학교에서 불가능 임무에는 손대지 말라고 배웠습다.』

『그다지 알려지지 않았지만 그 말에는 이어지는 내용이 있어.』

클라우스가 고했다.

『—불가능 임무에는 손대지 마라. 그건 「화염」의 영역이다.』

소녀들은 숨을 삼켰다.

너무나도 무거운 그 책임에 경악했다. 하지만 납득도 갔다.

아무리 가혹해도 도전해야만 하는 임무가 스파이 세계에는 당연히 존재했다.

사망률 90%라는 것은 『화염』 이외의 팀이 도전했을 때의 확률이리라.

『새삼스럽지만 터무니없는 팀을 이어받고 말았네요.』

소녀들의 심정을 아우르듯 릴리가 중얼거렸다.

즉, 엄밀하게 정의하자면 이제부터 임할 임무는 스파이 활동이 아니었다. 하지만 정보기관이 다루는 일. 「그림자 전쟁」의 범주고, 『등불』이 수행해야 할 임무였다.

『이야기를 되돌리지.』

클라우스가 고개를 끄덕였다.

『그레테, 릴리, 지비아. 너희는 어떤 인물과 접촉한다. 상원 의원이다. 저택 안에서 경호해. 신분을 숨기고 잠복하여 적을 파헤쳐라.』

경호 대상은 우베 씨라고 했다.

명받은 소녀들은 고개를 끄덕였다.

『나와 사라는 저택 밖에서 너희를 지원한다.』

사라가 겁먹은 표정으로 고개를 끄덕였다.

『가자. 전원이 살아서 돌아오자.』

그 말과 함께 스파이들은 일어섰다.

◇◇◇

잠입할 곳에 관한 사전 조사는 그레테가 끝냈다.

우베 아펠. 대대로 정치에 관여한 아펠 가문의 현 가주다. 현역 상원 의원으로, 보건복지부 차관이었다. 소위 말하는 급진 좌파. 상류 계급이면서 부유층의 기득 권익을 매섭게 비난하며 빈곤층의

생활 개선을 추진 중이었다. 현재는 복지 관련 예산을 확보하기 위해 분주한 듯했다.

그의 경력에 더러운 부분은 없었다. 의원의 아들로 태어났으면서 젊었을 때는 군인으로 복무했다. 애국심이 강한 듯했다. 우수한 사람이었고, 그렇기에 타국 입장에서는 제거하고 싶은 정치가 중 한 명일 것이다. 『시체』에게 암살당한 것은 전부 우베와 뜻을 함께하는 정치가였다.

우베의 저택은 수도에서 꽤 먼 곳에 지어져 있었다. 입지는 최악이었다. 산속에 외따로 서 있었다. 버스로 한 시간을 가고, 버스 정류장에서 한 시간을 더 걸어야 겨우 도착했다.

저택의 호화로움에 비해 사는 사람은 별로 없다는 것이 특징적이었다. 방은 서른 개 가까이 있는데 거주자는 본인과 아내, 모친, 전속 비서, 메이드장까지 다섯 명뿐이었다. 거주자를 위해서라기보다 빈번히 오는 손님을 응대하기 위해 메이드가 몇 명 필요하다고 했다. 전임자는 사고로 죽었다는 모양이다.

그 내용을 상기하고 지비아 일행은 빈방에서 옷을 갈아입기 시작했다.

'뭐, 저택에 숨어들려면 메이드는 최적이지만…….'

각오는 했으나 주저되었다.

지비아가 굳어 있으니 옆에서 릴리가 실실 웃었다.

"푸훕. 혹시 지비아는 에이프런이나 치마에 저항감을 느끼는 타입인가요? 예쁜 옷을 별로 안 좋아할, 아야!"

"시끄러워. 한 번 더 놀리면 때린다."

"이미 때려 놓고?"

주먹을 맞부딪치는 두 사람 옆에서 그레테는 척척 준비를 끝냈다.

"……근데 기묘한 저택이네요."

"응?"

"물건이 너무 적어요. 세습 의원의 저택은 보통 인테리어가 더 호화로운데요."

그레테가 지적한 대로, 저택은 응접실에 그림이 걸려 있을 뿐, 손님이 다니지 않는 복도에는 화려한 예술품이 하나도 없었다. 금이 간 벽도 수선되지 않고 그대로였다.

"흐응, 자세히 아네."

지비아가 감탄했다.

"……사실 저는 정치가 집안 출신이거든요."

금시초문이었다.

품위를 느끼기는 했지만, 설마 정치가의 딸이었을 줄이야.

"……어쩌면 이곳 주인은 까다로운 분일지도 모르겠어요."

"오케이, 알겠어. 메이드복 가지고 망설이고 있을 때가 아니네."

지비아는 종교 학교 교복을 벗고 메이드복으로 빠르게 갈아입었다.

그레테도 의욕적인 것 같았다. 자신도 긴장을 늦출 수 없다.

"지금부터는 기합을 넣고 가겠어. 첫날부터 날아다녀 보자고."

그렇게 씩 웃고서 소녀들은 임무를 개시했다.

하루가 끝날 무렵, 아연히 입을 벌린 올리비아가 복도에 있었다.

"어? 이게 뭐야……."

경악이라는 말이 딱 맞는 표정이었다.

눈을 동그랗게 뜨고 굳어 있었다. 몇 초가 지나도 그 자리에서 한 발자국도 움직이지 못하고 동상처럼 경직되어 있었다. 이윽고 눈앞의 상황이 현실임을 확인한 것처럼 고개를 끄덕였다.

올리비아는 나란히 선 신입 메이드 세 사람을 향해 웃었다.

"너희 대단하구나! 하루 만에 저택이 아주 깨끗해졌어!"

바뀐 저택을 보고 손뼉을 치며 기뻐했다.

전임자가 사고로 죽고 소녀들이 고용되기까지 한 달간 거대한 저택을 올리비아가 혼자 관리했다는 모양이다. 요리와 빨래만으로도 벅차서 청소까지 신경을 쓰지 못했다. 방에는 먼지가 쌓였고, 커튼과 카펫에는 곰팡내가 배어 있었다.

그것이 격변했다.

쌓인 먼지를 털고, 커튼을 빨고, 카펫에는 클리너를 뿌렸다.

소녀들은 완벽하게 메이드 일을 소화했다.

"아뇨~ 그 정도는 아니에요~."

릴리가 자랑스러워하는 표정을 숨기지 않으며 겸손히 말했다.

소녀들은 양성 기관에서 집안일을 얼추 습득했다. 청소할 곳에 맞는 세제를 고르고 솜씨 좋게 때를 빼기만 하면 됐다. 평소 임하는 훈련의 난이도와 비교하면 저택 전체를 깨끗하게 만드는 것 따위 간단했다. 릴리의 덜렁거림도 다른 두 사람이 주의하면 보완할 수 있었다.

"요즘 애들은 제법이구나. 너희라면 우베 씨와도 지낼 수 있겠어."

"그러고 보니 모습이 안 보이네요."

"오늘은 지방 호텔에 묵고 내일 돌아온대. 으름장을 놓는 것 같아서 좀 그렇지만, 각오는 해 둬. 조금 거친 사람이니까. 군인 시절의 흔적이려나."

그레테가 분석한 대로 우베는 까다로운 인간인 모양이다. 밉보이지 않게 조심하는 편이 좋을 듯했다. 「시체」를 찾기 전에 해고되는 결말은 너무 얼간이 같다.

소녀들은 성취감을 안고서 사용인실로 돌아갔다. 방이 남아돌기에 소녀들에게는 1인 1실이 주어졌다.

릴리의 방에서 지비아가 함께 한숨 돌리고 있으니 창밖에서 목소리가 났다.

"—일단 잠입은 성공한 것 같군."

들어와도 된다고 하자 클라우스가 창문을 통해 방에 들어왔다.

사용인실은 1층에 있었다. 클라우스 정도의 실력자라면 침입은 손쉬울 것이다.

세 사람이 있기에는 방이 좁았지만 어쩔 수 없었다. 이렇게 모였는데 방 밖에 소리가 들리진 않을까 걱정됐으나 다른 인기척은 없었다.

잘하고 있냐고 클라우스가 물었기에 지비아는 아주 잘하고 있다며 어깨를 으쓱였다.

"문제는 이 옷이 나한테 안 어울린다는 것뿐이야."

"걱정하지 마. 잘 어울려."

"……윽."

얼굴이 뜨거워졌지만 대충 응수하는 것임을 깨닫고 훠이훠이 손을 내저었다.

"누가 속을 줄 알고! 용건만 끝내고 바로 돌아가!"

클라우스는 작게 고개를 끄덕였다.

"그럼 활동을 시작하기로 할까. 내일 우베 씨가 돌아와. 건강 상태와 교우 관계를 확인하고 저택에 도청기를 설치하도록."

"알겠어. 알아서 잘할게."

"참고로 내가 추천하는 방법은—."

"그건 그레테한테 듣겠어."

"……나도 『섭섭하다』는 감정을 느낀다만."

일단 말해 보라고 하니 아니나 다를까 『경건한 봉사자처럼 진력해라』라는 말을 꺼냈기에 무시했다.

이런 부분을 하나하나 지적하면 이야기가 진행되지 않는다.

"선생님, 선생님."

릴리가 침대에서 몸을 일으켜 클라우스를 보았다.

"암살자는 우베 씨의 목숨을 노리고 있는 거죠? 그럼 저희의 신분을 밝히는 게 어떨까요? 그러는 편이 더 쉽게—."

"안 돼. 노회한 정치가이긴 하지만 훈련받지 않은 사람이야. 적에게 정보가 샐 거다."

일순 지비아도 좋은 제안이라고 생각했지만 바로 부정당했다.

아으, 릴리가 낙담한 소리를 냈다.

"잊지 마. 『시체』는 이미 이 저택에 잠복해 있을지도 몰라."

클라우스의 충고에 소녀들은 몸을 긴장시켰다.

그랬다. 임무는 이미 시작됐다.

국내든 국외든 똑같다.

자신들은 숨고 속이는 「그림자 전쟁」의 주역이다—.

"나는 바빠. 저택 활동은 너희한테 맡기겠어. 달에 그늘을 드리우는 구름처럼 하도록."

설욕할 생각인지 별로 고맙지 않은 조언을 다시 남기고서 클라우스는 바로 방을 떠나려고 했다. 오래 있을 마음은 없는 듯했다.

「아, 잠깐만」 하고 지비아는 붙잡았다.

"뭐지?"

"그레테도 보고 가. 옆방에 있으니까."

뒤따라 릴리도 「아, 좋은 제안이네요. 분명 기뻐할 거예요」 하고 말했다.

"……."

클라우스가 무표정으로 노려보았다.

"……너희는 그 녀석의 연애를 응원하는 건가?"

"응? 당연하지. 동료니까."

지비아도 릴리도 그레테의 연심은 눈치채고 있었다. 아니, 『등불』

전원이 알고 있었다. 그렇게나 알기 쉬우니 당연하지만.

클라우스는 「그런가」 하고 중얼거렸다. 음성만 들어서는 감정을 추측할 수 없었다.

창틀을 넘어가자 발소리도 들리지 않게 되었다. 옆방에 간 것 같았다.

어떤 의도를 담은 질문인지 결국 가르쳐 주지 않았다.

"하여간, 설명은 안 하면서 묻고 싶은 것만 묻고 말이야."

"뭔가 생각이 있는 거겠죠~."

클라우스의 사고를 읽을 수 없는 것은 어제오늘 일이 아니었다. 그래도 자신들을 해치지는 않을 것이다. 그 정도 신뢰 관계는 생겼다.

그저 임무를 소화할 뿐이다.

잠입 이틀째, 해가 저물기 시작할 무렵, 정원에 노인의 호통이 울렸다.

"하, 참 나! 맹추 같은 놈! 하찮은 접대에 쓸데없이 돈을 쓰고 말이야!"

임무의 가장 중요한 인물— 우베가 귀가한 듯했다.

나이는 쉰여덟일 텐데 그런 느낌을 주지 않는 힘찬 노호였다.

곧장 올리비아가 불러서 세 사람은 현관 앞에서 주인을 맞이했다.

우베는 운전기사를 고용하지 않고 직접 차를 운전했다. 저택 옆에 차를 대고 언짢은 얼굴을 숨기지 않으며 현관까지 걸어왔다.

"올리비아, 일일이 마중 나오지 않아도 돼! 쓸데없는 짓이야!"

딱 보기에도 위압적인 남성이었다. 어깨통이 넓고, 등줄기가 곧고, 태연했다. 나이에 걸맞게 머리가 회색이고 얼굴에 주름이 졌지만, 그것조차 말로 표현할 수 없는 위압감을 줬다.

"……응?"

그는 어째선지 도중에 의아해하며 눈을 가늘게 떴다. 10m 거리를 두고 멈춰 섰다.

"얼마 전에 추천받은 메이드입니다."

올리비아가 웃으며 말했다.

"흥. 난 또 네가 동생을 데려왔나 했지. 젖내 나는 어린애군."

"머리 색이 전혀 다르잖아요. 그렇게 위협하지 마세요."

"……뭐, 좋아. 아무튼 너희가 새로 들어온 메이드인가."

소녀들은 가짜 경력을 말하고 자기소개를 마쳤다.

우베는 「올리비아, 그걸 가져와」 하고 턱짓했다. 올리비아는 한숨을 쉬고 현관에서 사라졌다. 그리고 소총을 들고 돌아왔다. 1m 길이의 군용 총이었다. 우베는 엄격한 얼굴로 그걸 받아 코킹 레버를 당겼다.

뭐 하는 걸까.

소녀들이 바라보고 있으니 우베는 눈을 부릅뜨고 소총을 겨눴다.

"네년들이 암살자냐아아아아아아?!"

갑작스러운 호통이었다.

지비아 일행은 눈을 동그랗게 뜨고서 뒤로 몸을 뺐고 그대로 엉덩방아를 찧었다.
진짜 살의였다. 도통 영문을 알 수 없었다.
이 사람은 뭐지—.
우베는 불만스럽게 혀를 찼다.
"……흥. 역시 허점은 안 보이나."
"어, 네에……?"
릴리가 얼떨떨한 표정을 지었다.
"최근 나와 친한 정치 동료 두 명이 의심스럽게 죽어서 말이야. 어딘가에 암살자가 숨어 있지 않을까 싶은데 좀처럼 꼬리를 잡을 수가 없어. 너희가 저항했다면 망설이지 않고 쐈겠지만."
"경계하고 계시는군요……."
"그럴 리가. 내가 직접 쏴 죽이고 싶을 뿐이야."
과격한 노인인 모양이다.
총구를 내릴 기미가 전혀 없었다. 폭발하면 어쩌려는 걸까.
"하지만 메이드로서 합격인지는 별개의 얘기지."
우베는 총구를 휙 올렸다.
"어이, 거기 백발. 밥 만들어. 배고프군."
고용 시험인가. 굉장히 강한 명령조였다.
우베의 말을 따라 지비아는 부엌으로 향했다.
도중에 올리비아가 미안해하는 표정을 지었지만 신경 쓰지 않는다며 웃어 보였다. 그녀의 반응을 보니 상당히 애를 먹고 있는 듯했다.

'꽤 위험한 영감탱이라는 건 알았지만 요리 정도야 여유롭지.'

그다지 심각하게 인식하지 않았다.

클라우스를 매료하는 일품은 무리여도 노인을 납득시킬 정도는 가능하리라.

메뉴도 포토푀라면 크게 실수하지 않는다. 어젯밤에 만들어 둔 콩소메가 있었다. 거기에 채소와 고기를 넣고 끓여서 빵이랑 같이 내면 누구든 맛있게 먹을 수 있다.

지비아는 요리를 완성하여 식당에 가져갔다.

우베는 소총을 테이블 옆에 두고 의자에 앉아 기다리고 있었다.

「따뜻할 때 드시죠」라고 말하며 지비아는 포토푀를 그의 앞에 놓았다.

콩소메 냄새가 식당에 감돌았다.

릴리의 배에서 꼬르륵 소리가 났다.

—이거면 문제없다.

확신하고 우베의 식사를 지켜보았다.

그는 포토푀를 한 입 먹고 의자를 뒤로 날리며 일어섰다.

"이따위로밖에 못 만드는 메이드는 필요 없어어어어어어!"

그날부터 메이드 일은 지옥이 되었다.

우베는 사전에 조사한 평판보다 더 난폭했다.

성격을 한마디로 표현하자면— 철저하게 낭비를 싫어했다.

사치품이 별로 없는 저택을 보고 알아채야 했을지도 모른다.

“거기 은발! 또 세제를 바닥에 마구 뿌려 댔냐아아아!”

“어이, 백발! 그런 어찌 되든 좋은 곳까지 청소하지 마! 걸레 낭비다!”

“적발! 내가 부르면 재깍재깍 오지 못해?! 시간을 낭비하지 마!”

아무튼 호통쳤다.

우베는 불만스러운 부분을 찾으면 바로 욕했다. 세제를 너무 많이 쓴다, 걸레를 너무 많이 쓴다, 빨래를 너무 많이 한다, 요리를 너무 많이 만든다, 물을 너무 많이 쓴다— 집요하게 지적했다. 이래서는 만족스럽게 일도 할 수 없다.

심지어 저택에는 방문자가 많았다.

낭비를 싫어하는 그의 성격은 정치가로서는 강점이었다.

관료와 정치가가 자주 찾아와 우베에게 예산이나 지출을 상담했다. 그의 담당은 복지일 텐데 방문객은 총무부, 교통부, 육군부 등 경계가 없었다. 우베는 계획서를 훑어보고 불필요한 예산이나 업자의 불합리한 견적을 지적했다.

그건 좋지만, 방문객을 맞이하고 배웅하고 차를 내는 것은 전부 메이드의 일이었다. 잇달아 손님이 찾아와서 분 단위로 대응해야 했다.

이렇게 되니 릴리가 실수하기 시작했다.

“너어어어! 너는 찻잔을 몇 개 깨뜨려야 속이 시원한 거야!”

“히이이이익! 죄송합니다!”

원래부터 릴리는 얼빠진 구석이 있었다.

그럴 때는 지비아가 보조하면 좋겠지만 그녀도 고전 중이었다.

"오늘도 밥이 맛없어! 식자재를 낭비하지 말라고 몇 번 말해야 알아들어?!"

"……윽."

우베가 만족하는 요리를 만들 수 없었다.

동료와 함께 미리 맛도 보고 있었다. 노인의 미각을 고려하여 간을 약하게 하기도 했다. 싫어하는 음식이 있나 싶어서 많은 재료를 시험했다. 하지만 우베가 납득하지 않았다.

결국 우베는 지비아의 요리에 손대지 않고 이건 네가 먹으라고 하고서 맛없게 빵만 먹었다. 역시 점점 짜증이 났다.

이렇게 되면 가장 믿음직할 듯한 사람이 그레테지만—.

"너는 나한테 불만이 있는 건가?"

그녀 또한 여러 번 우베의 반감을 사고 있었다.

"……아뇨, 몸 상태가 조금 좋지 않아서."

"흥, 거짓말 마라. 나를 싫어하잖아."

"그렇지는……."

"냉큼 꺼져. 그런 표정으로 일해도 시간 낭비야."

우베와 사이가 나빠서 냉담한 대우를 받고 말았다.

그뿐만 아니라 메이드 연기가 잘 안 되는 것 같았다. 우베의 말대로 불만스러운 감정이 얼굴에 드러났다.

"왜 그래? 그레테. 너답지 않아."

걱정되어 말을 걸자 그녀는 고개를 가로저었다.

"……아뇨, 이까짓 일로 약한 소리를 할 수는 없어요."

"응? 무슨 말이야?"

"……저는 보스 이외의 남성과 얘기하면 위가 쓰리거든요."

"너는 무슨 말을 하는 거야?"

이 타이밍에 생각지 못한 약점이 발각됐다.

아무튼 3인 3색으로 우베에게 휘둘리고 있었다.

그날 밤, 사용인실.

"야, 릴리."

"네……."

"우리 일단은 그 영감탱이를 지키러 온 거지?"

"그럴 터예요……."

샤워할 마음도 들지 않아서 두 사람은 침대에 늘어져 있었다.

밤에는 저택에 도청기를 설치할 예정이었지만 그럴 체력이 남지 않았다. 낮에는 메이드로서 미칠 듯이 바쁘게 일하고 밤에는 녹초가 되어 쓰러질 뿐이었다. 우베의 횡포는 멈출 줄을 몰랐다.

계속 늘어져 있으니 누군가가 창문을 똑똑 노크했다.

커튼을 열자 임무용 의상을 입은 사라가 서 있었다. 검은 멜빵바지 차림에 카스케트를 깊이 눌러쓰고 있었다.

"수고 많으십다."

사라가 방에 들어왔다.

"어라, 그레테 선배는?"

"몸이 안 좋아서 옆방에서 자."

"엇, 병에 걸린 겁까?"

"글쎄. 병이라면 병이지."

보스 이외의 남성과 얘기를 너무 많이 해서 몸이 비명을 지른다고 그레테는 창백한 얼굴로 중얼거렸다.

임무를 시작할 때 보였던 의욕이 거짓말이었던 것처럼 축 처져 있었다.

지비아가 동료를 걱정하고 있으니 사라가 커다란 짐을 꺼냈다.

"마침내 무인 오두막을 발견했습다. 서포트를 전해 주러 왔습다."

"서포트?!"

릴리가 기뻐하며 벌떡 일어났다.

현재 상황에 가장 필요한 것이었다.

"이 친구입다."

사라는 짐을 덮은 커버를 벗겼다.

금속 새장이 나왔다.

새장 안에서 강한 시선을 느끼고 지비아와 릴리가 동시에 들여다보았다.

""매……?""

새장에는 커다란 매가 있었다.

체격이 탄탄하고 눈이 정한했다.

"편지든 뭐든 날려 주십쇼. 제 오두막으로 전달해 줍다. 그러면

제가 다시 이 친구에게 부탁해서 필요한 걸 보내겠습다."

의지를 주장하듯 매는 예리한 부리로 새장을 쪼았다.

깡, 큰 소리가 울렸다.

"……."

지비아가 매를 가리켰다.

"이 녀석, 계속 내 방에 있는 거야……?"

"이 녀석 아닙다. 버나드 씨입다."

"버나드……."

"아, 하지만 주의 사항도 있습다. 특제 먹이가 있으니 하루에 두 번 잊지 말고 주셔야 합다. 때때로 이름을 불러 주고, 매일 아침 깃털을 빗질해 주고―."

사라가 의기양양하게 해설했다.

자랑스러운 동물에 대해 이야기할 수 있어서 기쁜지 말이 조금 빨랐다.

장황하게 이야기하는 사라를 내버려 두고서 지비아는 새장을 열어 팔에 매를 앉힌 뒤 창문으로 다가갔고―.

"번거로워!!"

힘껏 매를 던졌다.

"버나드 씨이이이!"

사라가 비명을 질렀다.

비정한 동물 학대였지만 버나드는 새이기에 공중에서 날개를 펄치고 밤하늘로 날아갔다. 설명이 옳다면 사라가 발견한 오두막으로 돌아갈 것이다.

비통한 얼굴로 매를 바라보는 사라에게 지비아가 말했다.

"아니, 일단 잠입 중이니까. 애완동물을 데려오는 메이드라니 수상하잖아."

방에서 울음소리가 들리면 바로 발각된다.

"아…… 맹점이었습다."

"무선기는 없어? 물 쓰는 일이 많으니까 방수되고. 옷에 넣을 수 있을 만큼 소형이라면 좋겠는데."

"그, 그건, 아네트 선배라면 가능하겠지만, 지금은……."

아네트— 특수조의 회분홍 머리 소녀다. 기기에 관해서는 그녀에게 맡기는 것이 가장 좋았다.

하지만 이곳에 있을 리 없었다. 사라는 미안해하며 고개를 숙였다.

"아, 미안. 딱히 질책하는 게 아니라……."

지비아가 황급히 손을 내저었다.

그저 생각을 말했을 뿐이지만, 상황도 어우러져서 비난하는 듯한 말투가 되어 버렸다. 사라도 바로 헤아린 모양이지만 표정은 어두웠다.

세 사람은 동시에 「하아……」 하고 한숨을 쉬었다.

"잘 안 풀리네요. 임무에 집중할 수가 없어요."

릴리가 음울한 표정으로 말했다.

"여, 역시 저 말고 다른 사람이 좋았을 겁다……."

사라는 울 것 같은 표정으로 말했다.

"분명 모니카 선배나 티아 선배라면 더 잘했겠죠……."

"……윽."

다른 동료의 이름이 나오자 지비아가 입술을 깨물었다.

자기 자신에게 했을 사라의 말이 지비아의 마음에도 박혔다.

그때, 복도에서 누군가가 허둥지둥 달려오는 소리가 들렸다. 사라가 황급히 침대 밑에 숨은 타이밍에 올리비아가 방문을 열었다.

"무슨 일이야?! 아까 비명 같은 게 들렸는데?!"

조금 전 사라의 비명을 들은 모양이다.

아~ 하고 지비아가 머리를 긁적였다.

"메이드장, 미안. 벌레가 나와서 깜짝 놀라 가지고."

"아이참, 벌레 정도로 호들갑은. 채신머리없이."

올리비아가 뺨을 부풀렸다.

지비아는 그녀의 모습을 관찰했다. 당연히 잠옷으로 이미 갈아입었을 줄 알았는데 아직 메이드복 차림이었다. 일하는 중이었나 보다.

"메이드장은 문단속 중이야? 대신 할까?"

"맞아. 하지만 괜찮아. 이건 역시 신입에게 맡길 수 없지."

올리비아가 살짝 수줍어했다.

그녀가 긴장을 풀고 있음을 간파했을 때—.

「또 벌레가!」 하고 지비아가 외쳤다.

"꺅!"

올리비아가 지비아 쪽으로 펄쩍 뛰었다.

채신머리없는 목소리였다.

벌레를 싫어하는지 한동안 발을 동동거렸지만 이내 벌레가 어디에도 없음을 깨닫고 크게 숨을 내쉬었다.

"나, 나는 이제 잘 거니까! 시끄럽게 떠들지 마!"

얼굴을 붉히고 방에서 나갔다. 벌레에 동요한 것이 부끄러운 듯했다.

릴리와 침대에서 빠져나온 사라가 의아해하며 지비아를 보았다.

왜 올리비아를 깜짝 놀라게 했는가.

그에 대한 답으로 지비아는 손에 든 것을 보여 줬다.

"열쇠……?"

릴리가 침음을 흘렸다.

"—이미 훔쳤어."

문단속 중이었으니 당연히 가지고 있었을 것이다.

지비아가 슬쩍한 모양이다.

지비아는 가져온 가방에서 책 한 권을 꺼냈다. 책은 속이 비어 있었다. 그 빈 곳에 총도 보관하고 있지만 지비아의 목적은 그게 아니었다. 점토. 열쇠를 눌러 본을 떴다. 바로 열쇠를 복제하고 진짜는 몰래 되돌려 놓으면 된다.

"아~ 우물쭈물하지 말고 심플하게 가자고. 요컨대 그 영감탱이가 얌전해지도록 만들면 되잖아? 그런 건 약점을 잡으면 그만이지."

강제적이긴 하지만 가장 간결한 해결법이었다.

일이 잘 안 풀리고 있으니 어쩔 수 없다.

"내가 숨어들어서 단숨에 결판을 내겠어."

지비아는 늠름한 눈을 하고서 혀를 내밀었다.

◇◇◇

이튿날 밤, 지비아는 행동을 개시했다.

누구도 눈치채지 못하도록 불을 켜지 않고 이동하여 서재 앞에 도달했다.

문은 복제한 열쇠로 손쉽게 열었다.

서재에는 서류가 잔뜩 쌓여 있었다. 비서를 한 명만 둔 탓에 정돈이 되어 있지 않았다. 서가에 꽂히지 못한 책이 바닥에 포개져 있어서 발 디딜 곳도 없었다.

'얼추 뒤지면 약점 한두 개는 찾겠지.'

펜 모양 손전등을 입에 물고 금전이나 건강과 관련된 서류를 속독해 나갔다. 본인에게 탈세나 불법 청탁금의 의도가 없어도 실수가 있을지 모른다. 혹은 건강에 문제가 있다면 그걸로 공갈해도 된다.

최근 건강 검진을 받은 듯한 편지를 바로 발견했다. 하지만 중요한 결과 통지가 보이지 않았다. 발행을 안 했는지, 아니면 버렸는지. 그래도 진단받은 병원은 알았다.

서류를 차례차례 펼치다가 낯익은 단어가 눈에 들어왔다.

—고아원.

책등에 그런 단어가 적혀 있었다.

임무를 방치하고 펼쳐 봤다.

공적인 자료가 아니라 우베가 개인적으로 정리한 보고서 같았다. 사진을 보아하니 세계 대전 후일까. 빼빼 마른 아이들이 필름에 담겨 있었다. 문장은 처참한 식량 사정을 이야기했다. 채소도 고기도 배급되지 않은 전후 직후, 우베는 고아에게 식량을 나눠 주러 갔던 모양이다. 그래, 기억을 더듬어 보면 지비아의 동생들이 있던 고아원도—.

“거기서 뭐 하는 거지!”

뒤에서 호통이 울렸다.

‘이런…….’

경계를 게을리했다.

실수했다는 자각과 함께 돌아보니 우베가 시뻘건 얼굴로 서 있었다. 내리치듯 조명 스위치를 눌렀다. 백열전구가 서서히 방을 밝히기 시작하는 가운데, 우베는 벽을 짚으며 신중한 발걸음으로 이동했다.

벽에는 소총이 걸려 있었다.

그걸 잡고 주저 없이 들더니 지비아에게 총구를 겨눴다.

“역시 네년이 암살자인가아아아!”

“아니야, 틀렸어!”

양손을 들어 무저항을 나타냈다.

“이봐, 줄곧 생각했는데, 나처럼 가련한 메이드가 암살자일 리 없잖아.”

“네년의 눈초리는 극악인의 눈초리야!”

"너무한 거 아니야?!"

태클을 걸면서 어떤 거짓말로 무마할지 머리를 굴렸다.

이대로 저택에서 쫓겨나면 임무에 실패할 가능성이 농후하다.

하지만 지비아가 말을 꺼내기 전에 우베가 의아해하는 목소리를 냈다.

"응? 너, 그 자료에 관심 있나?"

그의 시선은 지비아가 쥐고 있는 보고서에 가 있었다.

어쩌다 보니 보고서를 쥔 채 양손을 들었다.

「……뭐, 그렇지」 하고 이야기를 맞췄다.

"이유는?"

"그건, 공부 같은 차원에서—."

"아니…… 묻지 않겠어."

그리고서 우베는 소총을 내렸다. 시뻘겠던 얼굴도 평소대로 돌아와 있었다.

"평범한 자료야. 읽고 싶으면 읽어."

"뭐……?"

굉장히 쉽게 허락했다.

아직 아무것도 둘러대지 않았는데.

"고아원을 돌 때 이런 얘기를 들었지."

지비아가 당황하든 말든, 우베는 의자에 앉아 이야기하기 시작했다.

"8년 전인가. 전후 혼란을 틈타 갱단이 판치기 시작한 때가 있었어. 전상 수당을 사기 쳐 먹고, 남편을 잃은 집의 부동산을 후려쳐서 헐값에 사고, 뭐, 혼돈한 건 지금도 변함없지만, 지금보다 더했지."

조곤조곤 말했다.

허스키한 목소리라 마치 옛날이야기처럼 들렸다.

"특히 『식인귀』라는 갱단이 악랄했어. 수도에서 온갖 악행을 저질렀지. 놀이처럼 사람을 죽였어. 특히 그 우두머리는, 사라졌어. 유령처럼 사람의 의식에서 사라졌어. 그리고 일방적으로 심장에 칼을 찔러 죽였지. 경찰과 시민을 떨게 한 남자야. 악마의 후예라는 생각밖에 안 들어."

"……."

"하지만 우두머리는 체포되었고 『식인귀』는 붕괴됐어. 왠지 알아?"

"……글쎄?"

"우두머리의 장녀가 경찰에 밀고했어."

자랑스럽다는 듯 우베가 말했다.

"훌륭하지 않아? 아홉 살 소녀가 동생들을 지키기 위해 정의를 관철했어."

"……."

"그 동생들은 무사히 고아원에 맡겨졌지만, 직후에 장녀는 실종됐다고 해. 돈을 벌기 위해서 말이야. 용맹한 아이야. 소문으로는 수도에서 탐정의 부하로 일한다는 둥, 나이를 속이고 방적 공장에서 일한다는 둥 소식 불명이지만…… 자그마한 미담이지."

이야기를 마치고 우베는 크게 숨을 내쉬었다.

지비아는 어깨를 으쓱였다.

"그런 소문을 왜 굳이 말해 줘?"

"그 장녀는 늠름한 백발 소녀였다는 게 생각나서 말이야. 지금은 딱 너 정도 되는 나이려나. 분명 이름은—."

우베는 어떤 이름을 말했다.

부모의 사상을 반영하는 듯한 저속한 단어였다.

"……다른 사람이야."

"흥. 깊게 추궁하지는 않겠어."

우베는 불퉁한 태도로 콧방귀를 뀌었다. 지비아가 보고서를 돌려주자 전구 빛을 비춰 훑어보고 메마른 입술을 핥았다.

"하지만 너라면 알지 않나? 전후 고아원이 얼마나 가혹한 환경이었는지. 대륙에서 구입한 식량은 최소한이라 복지 시설에 보낼 여분이 없었어. 나도 이리저리 뛰어다녔지만, 정부는 경제 정책과 국토 개발만 우선했지."

"그래, 알아……."

"상황은 지금도 별반 다르지 않아. 내가 소리를 질러 대도 복지에 배정되는 금액은 극히 일부야."

우베의 목소리가 작아졌다.

"—그렇기에 나 자신이 낭비를 줄여서 조금이라도 돈을 보내야 해."

"……."

그것이 우베의 과도한 절약 정신의 밑바탕인 듯했다.

그저 마음의 위안일 뿐이더라도 하루하루 절약하여 여분을 만들어서 기부금으로 돌리는 것이다. 본래 여유로운 생활을 보낼 수 있는 차관이라는 신분을 생각하면 너무나도 고결한 정신이었다.

그 충동은 지비아도 아프도록 이해할 수 있었다.

"그래서 메이드한테도 절제하라고 하는 건가……."

그를 오해했다. 단순히 난폭한 노인이 아니었다.

"알겠어. 내일부터는 나도 최대한 절약해서 일을―."

"―아니, 내가 하고 싶은 말은 그게 아니야."

"응?"

"자료 정도는 오늘 밤에 마음껏 읽으라는 의미야. 서재에 들어온 것도 불문에 부쳐 주지."

역시 이해할 수 없었다.

의아해하고 있으니 우베가 고했다.

"―너희는 내일 해고다."

"뭐?"

얼빠진 목소리가 나왔다.

농담인 줄 알았지만 우베의 표정은 진지했다.

"친한 정치가의 체면을 세워 주려고 고용했지만 역시 낭비는 줄여야 해. 세 명이나 없어도 돼. 내일 오후에 나가."

숨이 멎었다.

설마 그가 이미 거기까지 결단했을 줄은 몰랐다.

만약 전원이 해고된다면 임무를 달성할 수 없다.

"자, 잠깐만 기다려. 우리가 없으면 저택은 더러워질 거야."

"응접실만 청결하면 충분해. 올리비아 혼자서 어떻게든 돼."

"아니, 그렇다고 해도 너무 극단적—."

"조금 전에도 말했을 텐데. 낭비는 줄여야 해. 아무리 사소한 거여도 말이야."

우베의 의지는 굳건했다.

그 눈에서 결코 말로 꺾을 수 없는 강한 뜻이 느껴졌다.

분하지만 지금은 설득을 포기할 수밖에 없을 듯했다.

"……그럼 하나만 말해 줘."

지비아는 물었다.

"철저하게 낭비를 싫어하는 당신이 왜 이런 호화로운 저택을 안 파는 거지?"

그 질문을 우베는 비아냥으로 받아들인 것 같았다. 미간에 주름이 잡혔다.

"애초에 이런 외진 곳에 있는 저택이야. 대단한 가격은 안 나가."

"그리고 암살자 대책인가?"

적은 일반인 속에 숨어드는 방법을 쓸 수 없다. 스파이에게는 성가실 터였다.

우베는 힘 있게 수긍했다.

"……나는 아직 죽을 수 없어. 이 나라의 복지에는 아직 내가 필요해."

지비아는 입꼬리를 비틀었다.

"그러셔? 그럼 아직 해고될 수는 없지."

일방적으로 고하고서 지비아는 우베에게 등을 돌리고 서재를 뛰쳐나갔다.
이제 열두 시간도 안 남았다.
그 전에 해고를 회피할 수단을 찾아야 했다.
클라우스가 자신을 지명한 이유를 마침내 알았다.
틀림없다. 자신에게는— 우베를 지킬 의의가 있다.

◇◇◇

릴리와 그레테는 사용인실에서 매와 놀고 있었다.
정한한 얼굴로 생고기를 쪼아 먹는 모습을 보며 「오~」 하고 환호했다.
매는 사라가 다시 데려왔다. 어제는 지비아가 쫓아냈지만, 사람을 잘 따르는 동물은 소녀들의 피폐한 마음을 치유해 주었다.
옆에서는 사라가 「이 아이가 좋아하는 건……」 하고 해설하고 있었다.
원래 작전 회의를 열 예정이었으나 아직 지비아가 돌아오지 않았다. 그녀가 돌아오길 기다리며 매의 깃털을 빗질했다.
그러자 복도에서 발소리가 들렸다.
문이 열리고 입술을 깨문 지비아가 들어왔다. 후회인지 결의인지, 얼핏 봐서는 구별하기 어려웠다.
"어땠나요? 근사한 정보를 잘 훔쳐 냈—."
"아니, 우베 씨한테 들켰어."

릴리가 말을 걸자 지비아는 고개를 가로저었다.

지비아를 제외한 소녀들은 「아」 하고 바로 사정을 헤아리고 동시에 머리를 숙였다.

“““……일하느라 고생 많았습니다.”””

“아직 해고되지는 않았어!”

소녀들은 지비아의 해고를 확신했지만 그렇지 않은 듯했다.

그러나 지비아가 밝힌 일의 전말을 들으니 아주 틀린 것도 아니었다. 최악에는 지비아뿐만 아니라 세 명 모두 해고였다.

「위기 아님까」 하고 사라가 비명을 질렀다.

지비아는 그 말에 수긍하고 목소리 톤을 낮췄다.

“그래서 신상 얘기를 조금 하고 싶은데.”

“응? 이 타이밍에요?”

릴리가 고개를 갸웃했다.

“잔말 말고 들어 봐. 사실 나는 예전에 동생들과 고아원에서 지낸 적이 있어. 죽을 만큼 가난한 고아원이었어. 왠지 화가 나서 나는 스파이를 지원했어. 이딴 세계를 조금이라도 바꾸고 싶어서. 우베 씨의 뜻과 가까운 부분이 있어.”

지비아는 자조적으로 웃었다.

“그래서 지금은 되게 기뻐. 그 녀석…… 선생님은 내 마음을 헤아려 준 거야.”

한 번 고개를 숙였다가 다시 얼굴을 들었을 때, 지비아의 눈에는 빛이 깃들어 있었다.

"선생님의 기대에 부응하고 싶고, 우베 씨도 지키고 싶어. 부탁할게. 협력해 줘."

그녀다운 늠름하고 힘 있는 목소리였다.

다른 소녀들은 지비아의 그 열량을 바로 이해하진 못했다. 무슨 일이 있긴 있었구나 싶지만, 자세한 내용은 지비아도 이야기할 마음이 없는 듯해서 추궁하지 않았다.

불꽃처럼 뜨거운 그 의지만 느껴진다면 충분했다.

릴리가 「뭐, 협력이라고 할 것도 없죠. 임무니까요」 하고 장난스럽게 말하자 지비아가 「그렇긴 한데」 하고 쑥스러워했다.

"저, 저기."

그때 사라가 조심조심 손을 들었다.

"저도 지비아 선배의 기분을 이해함다. 저는 겁쟁이고, 쓸모없고, 지금도 다른 동료가 오는 게 낫지 않았을까 생각하지만."

한번 말을 끊었다가 고했다.

"하지만 뽑혔을 때는 엄청나게 기뻤습다."

그 고백이 부끄러웠는지 얼굴이 새빨갰다.

릴리가 의기양양하게 「하!」 하고 웃었다.

"둘 다 단순하네요~ 저는 당연히 선출될 줄 알았어요. 상식적으로 생각해서 이렇게 중요한 임무에 리더가 빠질 리 없잖아요."

"릴리 선배의 방에서 「앗싸~!」 하고 좋아하는 소리가 들렸습다."

"라는 증언이 있다만?"

지비아가 추궁하자 릴리의 얼굴이 쩍 굳었다.

"……아, 아니, 저는 매일 그렇게 외치는데요?"
"뭔 습관이야."
그런 동료들을 보고 그레테가 후후 웃었다.
지비아가 「왜?」 하고 묻자 그레테는 기쁜 얼굴로 말했다.
"……아뇨, 분명 보스는 여러분의 감정을 꿰뚫어 보고 지명했을 거라는 생각이 들어서요……."
"새삼 반했어?"
"아니요. 예상대로…… 예상했던 매력 그대로예요……."
그레테가 염장을 질렀다.
"……그리고 보스의 기대에 부응하고 싶은 건 저도 같아요."
"그렇겠지."
네 사람은 동시에 머리를 맞댔다.
둥글게 어깨동무하듯 밀착하여 작은 목소리로 의논을 시작했다.
"그래서 어떻게 해고를 회피할 거죠?"
릴리가 씩 웃었다.
"협박이라도 해요?"
"너희 의견은?"
"……올리비아 씨로 변장하여 우리를 계속 고용하도록 유도하는 건 어떨까요……."
"우베 씨에게 독을 먹이고 멋지게 구해서 호감도를 올린다든가?"
"저라면, 음, 먼저 우베 씨 말고 다른 사람과 교섭할 겁다."
지비아가 질문을 던지자 다른 소녀들이 바로 의견을 말했다.

그레테의 수준 높은 계획, 릴리의 야비한 계획, 사라의 신중한 계획.

지비아는 하얀 이를 드러냈다.

"나는 맛있는 밥을 먹여서 메이드를 인정하게 하고 싶어."

"우와, 단순한 방법."

릴리가 손뼉 쳤다.

"하지만 지비아다워서 좋네요."

자연스럽게 반대 의견은 나오지 않았다.

네 소녀는 머리를 맞붙인 채 미소 지었다.

"자, 뜻하지 않게 요리 리벤지 매치야. 이번에는 지장(智將)도 한 명 붙었고—."

"……예~이."

"어? 갑자기 뭐야?"

"……지비아 씨와 릴리 씨의 업된 기분에 맞추려고…… 예이예~이……."

"무리하지 않아도 돼."

"예, 예~이임다!"

"우리가 평소에 그렇게 바보처럼 굴어요?"

좀 멍청해 보이는 대화를 나눈 후, 지비아가 선언했다.

"아무튼 맡았으니 당당하게 가자고. 이렇게 넷이서!"

전원이 이마를 콩 부딪쳤다.

◇◇◇

소녀들은 두 팀으로 나뉘었다.

이튿날 아침, 저택 부엌에 그레테와 릴리가 섰다. 그녀들은 이른 아침에 사 온 식자재를 늘어놓고서 팔짱을 끼고 있었다.

"근데 애초에 맛있는 요리를 만든다고 타개할 수 있는 상황일까요?"

릴리가 새삼스러운 의문을 입에 담았다.

"그건 지비아 씨를 믿기로 해요……."

그레테가 부엌에 늘어놓은 것은 색색의 향신료였다. 고추, 후추, 핑크페퍼, 카르다몸, 생강 등등 여러 종류가 있었다.

"저희는 사전 준비를 시작하죠…… 릴리 씨."

"네! 시식은 맡겨 주세요!"

릴리가 가슴을 쭉 폈다. 그녀는 지난번에 클라우스를 함정에 빠뜨리려고 했을 때 시작품을 먹어 치운 실적이 있었다. 그것을 들어 시식 담당으로 임명받으려고 했지만—.

"……아뇨, 왜 릴리 씨가 시식을?"

그레테가 막았다.

"흐에?"

"레시피대로 재료를 계량하고, 으깨고, 가열하고, 섞고, 끓이고— 어떻게 생각해도 독 조합에 뛰어난 릴리 씨가 잘할 것 같은데요……."

"……."

"눈치 못 채셨나요? 설마 지난번에도 식탐에 눈이 멀어서—."

"방금 한 얘기는 지비아에게 비밀로 해 주세요!"

릴리는 그렇게 우기고서 향신료를 처리하기 시작했다. 정성껏 으깨고, 향이 약한 부분을 제거하고, 볶아서 향을 부각했다. 잘하는 분야라서 그 솜씨는 전혀 막힘이 없었다. 원래부터 그녀는 독을 사용하는 방식이 불안해서 그렇지 조합 자체는 완벽했다.

그레테는 만족스럽게 고개를 끄덕였다.

"……본래 이 정도 향신료를 처리하려면 두 시간은 걸리지만, 절반에 끝내죠."

"무, 무리예요!"

"제가 지시를 내릴 거니까 충분히 가능해요……."

파트너의 비명을 흘려버리며 그레테는 정밀한 계산을 시작했다.

그녀에게 걸리면 동료의 움직임을 초 단위로 예측하는 것 따위 쉬운 일이었다.

◇◇◇

지비아와 사라는 수도 근교까지 나가 있었다.

바이크를 빌려 둘이서 타고 정비된 길을 달렸다. 꾸물거리다가는 제때 맞추지 못한다. 딘 공화국은 소국이지만, 다행히 수도 주변은 도로가 정비되어서 고속 도로가 바로 근처까지 뻗어 있었다.

지비아와 사라는 어떤 대형 시설 앞에 멈췄다. 딘 공화국을 대표하는 국영 병원이었다. 광대한 부지에 5층짜리 석조 건물이 마치

성처럼 우뚝 서 있었다.

아무것도 모른 채 함께 온 사라는 눈을 동그랗게 떴다.

"엇, 여기임까?"

"그래. 여기서 우베 씨가 건강 검진을 받은 모양이야."

지비아는 헬멧을 벗었다.

"그 결과가 저택 어디에도 없어. 그래서 검진받은 병원을 찾아올 수밖에 없었어."

"진단서를 재발행하는 거군요."

"으음~ 그게 무리란 말이지. 대리인 증명이 필요하고, 시간이 부족해."

지비아의 목적은 우베의 건강 진단서였다.

설득하려면 그게 꼭 필요하다고 지비아는 생각했다. 하지만 입수하는 길은 만만치 않았다.

의아한 얼굴로 입술을 오므리는 사라에게 지비아는 씩 웃으며 말했다.

"그래서— 여기서 훔칠 거야."

"국영 병원인데요?!"

사라의 얼굴이 굳었다.

"쉿. 목소리가 커."

"하, 하지만, 보안이 철저할 게 뻔함다! 직원들도 많고……."

"괜찮아, 괜찮아. 큰 게 더 숨어들기 쉬워. 탈의실 열쇠를 훔치고, 로커에서 간호사 옷을 훔치고, 간호사인 척 서가에서 결과를 훔쳐보면 돼. 여유지, 여유."

생글거리며 손을 흔들었다.

"내가 신호를 보내면 버나드를 창문으로 날려 줘. 살짝 소동을 일으키면 그 틈에 일을 끝낼게."

지비아는 유연체조를 시작하며 준비했다.

"……."

사라는 한동안 아연히 있었다.

하지만 이내 포기했는지 「정말이지. 어쩔 수 없는 선배임다」 하고 한숨을 쉬었다.

어이없다는 표정이었지만 어딘가 즐거워 보이기도 했다.

사라가 손가락을 물고 휘파람을 불자 하늘에서 매 한 마리가 내려와 사라 옆에 멈췄다.

"타이밍뿐만 아니라 루트도 지정할 수 있슴다."

"그럼 완전 고맙지."

원하는 바를 전하고 준비를 마치자 지비아는 늠름한 목소리로 선언했다.

"코드 네임 『백귀』— 가로채 터는 시간을 가져 주겠어."

그렇게 그녀는 병원에 들어갔다.

결국 사라는 밖에서 대기하여 병원 안의 모습은 볼 수 없었다.

또한 당연히 사라는 지비아의 출신을 몰랐다. 지비아가 어떻게 압도적인 기술을 갈고닦았고, 무엇보다 얼마나 끔찍한 존재에게 재능을 물려받았는지 몰랐다.

사라가 파악하고 있는 사실은 하나.

『백귀』라는 이름을 가진 지비아라는 소녀는— **절도 천재라는 것**이다.

◇◇◇

그날 점심, 요리는 완성됐다.

그레테의 지시에 따라 릴리가 만든 것은 인연 깊은 캐비지롤이었다. 돼지고기 대신 간 같은 내장을 많이 사용했다. 그 강한 냄새를 잡기 위해 화이트소스가 아니라 향신료가 듬뿍 들어간 에스닉풍 수프를 만들었다.

릴리도 맛을 봤지만 틀림없이 아주 맛있었다. 수프를 한 입 먹기만 해도 향신료 냄새가 코를 뚫었다.

흠잡을 데 없는 일품이었다.

다만 문제는— 제일 중요한 지비아가 아직 돌아오지 않았다는 점이었다.

'……역시 이 이상은 기다릴 수 없어요.'

릴리는 그렇게 판단하고 완성된 캐비지롤을 날랐다. 요리의 퀄리티는 문제없었다. 이걸 먹고 불만을 느끼는 사람은 없을 것이다.

하지만 식당에서 우베가 한 말은 생각지도 못한 감상이었다.

"맛없어!"

"예……?"

"어제보다는 낫지만 도저히 못 먹겠군! 너나 먹어!"

얼굴을 찌푸리고 캐비지롤 그릇을 쭉 밀어냈다. 그가 집어 든 것은 곁들여 가져온 빵뿐이었다. 그것도 맛없다는 얼굴로 먹었다. 그걸로 식사는 끝이라는 듯이.

릴리는 아연한 얼굴로 방치된 캐비지롤의 소스를 핥았다. 역시 맛에 문제가 있다는 생각은 안 들었다. 이 노인의 취향이 일반인과 동떨어져 있다고 볼 수밖에 없었다.

우베는 씩씩거리며 팔짱을 꼈다.

"흥. 뭐, 좋아. 어차피 너희는 전원 해고—."

"—아니, 그건 맛있는 요리일 텐데?"

릴리가 돌아보니 지비아가 어깨를 들썩이며 서 있었다. 전속력으로 달려온 모양이다.

지비아는 식당에 앉은 우베에게 성큼성큼 다가왔다.

"이봐, 우베 씨. 고집부리지 말고 그거 먹어 두는 게 좋을걸."

"갑자기 뭐야……."

"병원에서 혈액 검사 결과를 봤어. 적혈구 수가 기준치보다 크게 밑돌더군. 비타민이 부족할 때 보이는 증상이야."

지비아가 고했다.

"어렴풋이 눈치채고 있잖아? 당신은 미각 장애를 앓고 있어."

"……윽! 말도 안 되는 소리!"

우베는 고함쳐 대답했다. 얼굴을 붉히고 내씹었다.

"멋대로 말하지 마. 내가 미각 장애라니—."

"누가 먹어도 맛있는 요리를 단 한 사람만 맛없다고 해. 의심할 수밖에 없지."

지비아는 그를 노려본 채 계속 말했다.

"세계 대전 후, 당신은 모질게 절약했어. 어제 본 자료에 사진이 있었지. 특히 전쟁이 끝난 직후에는 직접 고아원에 가서 식량을 나눠 줬어. 식량을 배급받지 못하는 아이도 확실하게 끼니를 챙길 수 있도록. 그 행위는 존경하지만, 너무 과했던 거 아니야?"

지비아는 어이없어하며 눈을 가늘게 떴다.

"당신, 자기 식량마저 기부했지?"

"흥. 그게 뭐가 나쁘지?"

"당연히 나쁘지. 필요한 영양을 섭취하지 못했잖아. 그래서 미각 장애를 앓게 됐어. 편식까지 하면서 점점 악화됐겠지. 정상적인 맛을 느끼지 못할 만큼."

릴리는 우베의 식생활을 떠올렸다. 맛없게 빵만 먹을 뿐이었다. 균형 잡힌 영양 따위 있을 리가 없다.

"릴리, 가르쳐 줘. 아까 우베 씨는 요리를 먹고 뭐라고 했지?"

"어제보다는 낫다고요."

"역시나. 미각을 느끼지 못하니 향신료가 강하게 들어간 요리를 좋아하게 된 거야."

지비아는 의기양양하게 웃었다.

"우베 씨, 암살자가 올 필요도 없어. 이런 영양 상태라면 일찍 죽을걸?"

"……."

"우리를 고용해. 이제 『낭비』라고는 못 할 거야. 매일 영양가 있는 식사를 만들어서 미각도 되찾고, 그리고 이번에야말로 맛있는 밥을 먹게 해 줄게."

지비아의 목소리는 난폭했으나 어딘가 상냥함이 섞여 있었다.

—맛있는 밥을 먹이고 싶다.

그 선언은 끝내주는 요리를 만들겠다는 의미가 아니라 정상적인 미각을 되찾게 한다는 의미인가.

그녀다운 단순한 방식이었다. 요리를 맛없다고 한다면— 맛있다고 느끼는 미각으로 만든다.

적어도 릴리에게는 없는 발상이었다.

우베는 지비아의 말을 곱씹듯 입을 다물고 있었다. 그러다가 다시 릴리에게서 캐비지롤 그릇을 받아 숟가락으로 소스를 떠 입에 넣었다. 그리고 얼굴을 찌푸렸다. 역시 그는 맛을 느끼지 못하는 듯했다.

"……네 말이 맞아."

한숨 같은 말이었다.

"당연히 눈치는 채고 있었어. 역시 그런가…… 미각 장애인가……."

"눈치챘으면서 왜 바로 안 알렸어?"

"늙었다는 걸 인정하기 싫었어……. 노화도 하나의 요인이지?"

"아마도."

"마음 쓰기는. 그렇다면 그렇다고 하면 되지."

우베는 살며시 미소 지었다.

소녀들이 처음 보는 온화한 미소였다.

"하지만 지비아…… 그래도 나는 낭비를 줄여야 해."

우베는 고했다.

"고아원뿐만이 아니야. 이 나라에는 빵 한 개로 하루를 마치는 사람이 많아. 그런데 이 나라의 복지를 담당하는 내가 사용인을 네 명이나 쓴다면 세상 사람들이 어떻게 느끼겠어?"

"……당신은 고결한 정치가구나."

지비아는 작게 어깨를 으쓱였다.

"그럼 한 명만 잘라. 그러면 빡빡해도 일은 돌아가니까."

그것이 쌍방에게 딱 좋은 타협점일 것이다.

우베에게도 정치가의 신조가 있고, 소녀들에게도 스파이로서의 사명이 있다.

지비아의 제안을 듣고 우베는 천천히 가라앉듯 고개를 끄덕였다.

이리하여 지비아의 활약으로 두 명은 해고를 면하게 되었다.

잠입 임무는 한 명을 제외하고 여전히 계속된다.

◇◇◇

저택에서 한 시간을 걸어 마침내 작은 마을에 도착했다.

지비아는 가볍게 숨을 돌리고 지정된 곳으로 향했다.

마을 구석에 있는 담배 가게가 약속 장소였다. 지저분한 오두막 같은 상점이었다. 사람이 한 명 들어가면 계산대에 앉은 점원을 제외하고 가게가 꽉 차 버렸다. 가게에 창문은 존재했으나 빈틈없이 채워진 담배와 주스병에 막혀 안쪽 모습은 보이지 않았다.

클라우스는 카운터석에 앉아 있었다.

신문으로 얼굴 절반을 가리고 있었다. 국내여도 경계를 게을리하지 않았다.

솔직히 그가 어디서 뭘 하고 있는지 지비아 일행은 자세히 파악하지 못했다. 어딘가에서 첩보 활동을 진행하고 있는 걸까.

“그레테에게 보고받았어.”

클라우스가 말했다.

“멋진 활약이었다던데. 많이 칭찬하더군.”

“그것참 고맙네.”

지비아는 고개를 가로저었다.

“하지만 나는 해고당하고 말았어. 미안.”

메이드 일을 계속할 수 있었던 사람은 그레테와 릴리뿐이었다. 누군가 한 명을 해고하는 상황에서 지비아가 스스로 나섰다. 우베는 불만스러워 보였지만 지비아의 뜻을 인정해 줬다.

"그런가. 우베 씨를 회유한 건 훌륭했다만."

"……뭐, 실은 그것도 전부 내 공은 아니니까."

"그래?"

"당신이 준 힌트 덕분이야."

힌트, 하고 클라우스가 되풀이했기에 지비아는 고개를 끄덕였다.

"줄곧 의문이었어. 나는 당신이 한 번 만들었던 캐비지롤을 재현했어. 그런데 당신이 살짝 수정한 캐비지롤이 훨씬 더 맛있었어."

실패한 뒤로도 그 이유를 계속 생각했다.

같은 제작법, 같은 조미료 분량이었는데 어디서 차이가 생겼는가.

가설은 몇 가지 떠올랐다.

"당신이 캐비지롤을 담을 때 어떻게 했는지 기억나?"

"그냥 담았어."

"요리를 여덟 그릇에 나눠 담은 다음에 조미료를 더 추가했어."

지비아는 놓치지 않았다.

전체적인 맛을 변화시킬 거면 소스에 조미료를 더하면 된다. 하지만 클라우스는 조미료를 그릇 하나하나에 순서대로 뿌렸다.

"당신은 상대의 영양 상태를 고려해서 식초나 향신료를 조정한 거라고— 그렇게 추측했어."

물론 이건 가설이었다.

클라우스의 행동은 무의식적이니 진실은 알 수 없다. 취향에 맞춰 조정했을 뿐일지도 모른다.

하지만 사라는 말했다. —몸이 기뻐하는 듯한 감각이었다고.

요리는 먹는 상대의 건강까지 고려해서 만든다. 그 발상이 지비아의 머리에 남았다.

"뭐, 으스대며 해설했어도 나는 잘렸지만. 세 명 모두 해고되는 건 피했으니까 급제점이라고 해 줘."

"……."

클라우스는 한동안 말이 없었다. 그 표정은 아무것도 이야기하지 않았다.

질책할까.

아니면 낙담할까.

하달받은 일을 실패한 것은 처음이었다.

어떻게 반응할지 알 수 없었다. 자연스럽게 몸이 굳었다.

"큰소리쳐 놓고 꼴사납게 실패한 건 사과할게."

지비아는 몸을 앞으로 내밀었다.

"하지만 지금부터 만회할 거야. 동료를 보조해서 임무를 성공시키겠어."

"아니."

클라우스가 입을 열었다.

"이해가 안 되는군."

"윽!"

감정이 느껴지지 않는 차가운 말이었다.

그는 그 어조 그대로 말을 이었다.

"보조는 사라 한 명이면 충분해. 저택 밖에는 나도 있어. 이 이상은 불필요해."

"그럴 수가……."

온몸에서 핏기가 가셨다.

설마 이렇게까지 강하게 거절당할 줄은 몰랐다.

"……꼴불견이라는 건 알아."

지비아는 몸을 앞으로 내밀고 말했다.

"하지만 부탁할게. 한 번 더 기회를 줘. 다음에는 반드시—."

"슬슬 너한테 묻고 싶군."

클라우스는 다리를 꼬았다.

"—이 놀이에 언제까지 장단을 맞춰 주면 되지?"

"응?"

지비아의 입에서 얼빠진 목소리가 나왔다.

평소보다 점잖은 버전으로 오류를 지적받았다.

"너는 착각하고 있는 것 같아."

클라우스가 눈을 접었다. 지비아에게 다정한 시선을 보냈다.

"내가 우수한 부하를 버릴 리가 없잖아. 만회? 이해가 안 가. 너는 아무것도 실수하지 않았어. 동료를 보조하겠다고? 불필요해. 너는 전선에 있어야 해."

클라우스는 고했다.

"극상— 그게 너에게 내리는 평가야."

"뭐……?"

칭찬받았다.

하지만 기쁘기보다도 납득할 수 없다는 감정이 앞섰다.

"아니, 말했잖아. 나는 해고돼서 이제 저택에는—."

"돌아갈 수 있어. 은혜까지 베풀면서."

"허? 은혜?"

"비타민 부족에 의한 미각 장애— 우베 씨의 병증은 그것뿐이었나?"

지비아는 고개를 갸웃했다. 더 있다는 말인가?

다혈질. 난폭함. 그런 성격을 이야기하는 건 아닐 것이다.

그러고 보니 지비아 일행과 처음 만났을 때, 그는 기묘한 발언을 했다. 해 질 녘 현관 앞에서, 머리 색이 전혀 다른 소녀들을 올리비아의 동생인 줄 알았다고 했다. 밤중 서재에서 지비아와 만났을 때, 그는 불이 켜질 때까지 유난히 걷기 힘들어했다.

답은 바로 나왔다.

"……설마, 야맹증?"

"그 조짐이 있을지도 몰라."

어두워지면 시력이 극단적으로 떨어지는 증상— 야맹증.

속된 말로 밤소경. 비타민이 부족하면 일어나는 증상 중 하나다.

미각 장애 때문에 편식하고, 그 결과 또 다른 병이 났나. 시력 검사는 밝은 방에서 이루어지니 의사도 눈치채지 못한 것이다.

클라우스는 말만 전해 듣고 알아차린 건가.

아니, 역시 그건 불가능하다. 그는 모종의 방법으로 저택을 관찰한 모양이다.

"우베 씨는 저택에서 의회까지 직접 운전하는 것 같지만 이제 삼가는 편이 좋겠지. 이 상황에서 설마 운전기사 고용을 『낭비』라고 하진 않을 거야."

클라우스는 시원스레 말했다.

"어서 저택으로 돌아가. 너의 우직함은 이 팀에 꼭 필요해."

그리고 옆에 있는 선반에서 주스병을 꺼내 책상 모서리로 뚜껑을 따고 지비아에게 내밀었다. 산뜻한 색깔의 사이다였다. 자그마한 치하인 듯했다.

그 사소한 선물에 지비아는 히죽 웃었다.

지켜보고 있다.

결코 태도로 강하게 드러내진 않지만, 그는 확실하게 자신들의 노력을 인정해 준다.

"역시 당신은 대단하네. 과연 내가 존경하는 상사야."

—그렇기에 나는 당신이 날 뽑아 줘서 기뻐.

뒷말은 삼키고서 지비아는 사이다를 받았다.

소탈한 어조로 「고마워. 이 은혜도 두 배로 갚을게」 하고 웃었다.

클라우스는 눈을 가늘게 떴다.

그로부터 두 시간 후, 지비아는 운전기사 겸 메이드로 재고용되었다.

◇◇◇

순식간에 2주가 지났다.

첩보 활동은 막힘없이 진행되었다.

"네 운전에는 군더더기가 많아. 좀 더 조용히 달릴 순 없나!"

"시끄러워! 투덜거리다 혀 깨문다!"

우베와 지비아는 서로 침을 튀기며 저택에 돌아왔다.

그 응수는 주인과 메이드라기보다 건방진 손주와 완고한 할아버지처럼 막역했지만 우베는 예의에 무관심했다. 그에게는 예의도 「낭비」 범주에 들어가는 듯했다.

"근데 오늘 말 걸어온 녀석은 누구야? 희한하다는 듯이 날 쳐다보던데."

"오랜 친구야. 네가 경계할 상대는 아니야."

"그럼 다행이고."

"일일이 짜증 내지 마. 운전기사가 너무 젊으니까 신경 쓰인 거겠지."

"실례네. 운전면허도 확실히 만들었다고. ……직접."

"응? 마지막에 뭐라고 했지?"

지비아가 운전기사로 일하면서 우베의 신변 조사가 순조롭게 이루어졌다. 어딜 가든 늘 지비아가 따라다니며 항상 감시할 수 있다는 것도 든든했다.

우베의 태도도 부드러워져서 소녀들은 스파이 활동을 여유롭게 진행할 수 있었다.

저택에 사는 사람은 물론이고, 빈번히 출입하는 인물을 발견하면 신변을 조사했다. 화장실이나 응접실에서 하는 대화를 도청하고, 때에 따라서는 발신기를 부착하여 저택 밖에 있는 사라가 미행했다.

첩보 활동은 진전을 보이기 시작했다.

"하지만 또 하루가 끝났는데도 수상한 인물은 전혀 안 보이네."

지비아는 야식을 준비 중인 릴리에게 작은 목소리로 이야기했다.

릴리는 「저택도 이상 없어요. 평화로운 건 좋지만요~」 하고 태평한 목소리로 대답했다.

맞아, 하고 지비아는 동의했다.

임무를 시작했을 때는 「메이드라니」 하고 분개했으나 지금은 보람을 느꼈다. 우베는 이상을 이루려고 하는 올곧은 정치가였다. 강제적인 수법을 쓰기도 하지만, 그건 전부 아동 복지를 개선하기 위해서였다.

메이드로 잠복해 있는 동안에는 그의 정치 활동에 흔쾌히 협력할 것이다.

그러니 암살자 같은 건 오지 않았으면 했다.

이런 평화가 오래 이어지면 좋겠다.

—하지만 세상이 호락호락하지 않다는 것도 알고 있었다.

절규.

정원 쪽에서 났다. 여성. 그레테는 아니다. 더 연상. 올리비아인가.

지비아와 릴리는 동시에 달려 나갔다.

그와 함께 위층에서도 큰 발소리가 들렸다.

"올리비아아아아! 무슨 일이야!"

우베였다. 자랑거리인 소총을 껴안고 잠옷 차림으로 달려왔다.

멋대로 행동하지 않았으면 하지만, 호위 대상이 옆에 있어 주는 것은 고마웠다. 지비아와 릴리는 은근슬쩍 우베의 양옆에 서서 정원으로 향했다.

정원에서 올리비아가 엉덩방아를 찧은 채 넘어져 있었다.

그녀는 파래진 얼굴로 공중을 가리켰다.

"저, 저거……."

올리비아의 목소리는 떨리고 있었다.

"저쪽에서 총알이……."

지비아는 반사적으로 시선을 돌렸다.

저택 주위에 자란 키 큰 나무.

그 뾰족한 가지 끝에 사람으로 보이는 존재가 소총을 들고 서 있었다.

"저건 뭐야……."

지비아는 침음을 흘렸다.

—멍 자국.

그 인간은 후드를 뒤집어쓰고 있었지만, 보름달 아래에서 그 입가는 확실하게 보였다.
입을 덮듯 멍이 나 있었다. 화상 자국일까. 저주처럼 넓게 퍼져서 피부가 거무칙칙하게 변색되어 있었다.
마치, 그야말로 시체 같은—.
사전에 들은 정보가 떠올랐다.
저게—『시체』?
"기분 나빠……."
올리비아가 중얼거렸다.
보는 이에게 혐오감을 주는 끔찍한 멍이었다.
"이거나 먹어라아아아아아!"
지비아와 릴리가 당황해하는 사이에 우베가 소총을 쐈다.
아무튼 이 노인은 용맹했다.
그의 사격은 시체가 선 나무를 뚫었다. 총알이 아래쪽으로 빗나간 것은 야맹증 때문인가.
시체는 나무에서 도약하더니 곧장 어둠에 녹아들어 숲속으로 들어갔다. 순식간에 모습이 보이지 않게 되었다.
망설임은 1초.
"우리가 쫓을게. 우베 씨는 메이드장과 집에 돌아가서 경찰에 신고해."
지비아와 릴리는 우베에게서 총을 빼앗아 숲속으로 향했다.
메이드로서는 너무 용감했을까. 하지만 이 기회를 놓칠 수는 없었다.

죽이거나 붙잡지는 못하더라도, 흔적 하나라도 손에 넣는다면 조사를 진행할 수 있다.

그렇게 머리를 굴리며 숲에 한 발자국 들였을 때였다.

와이어가 발을 묶었다. 퍼뜩 놀라 릴리에게 도움을 구하려고 했지만 릴리도 와이어에 걸린 상태였다.

함정이었다. 밤의 어둠에 완전히 묻히는 위치에 설치되어 있었다.

심지어 두 사람을 동시에 잡다니. 평범한 기술은 아니었다.

마치 이쪽의 움직임을 전부 간파하고 있는 듯한—.

발이 잡아당겨지며 몸이 공중에 떴다. 속수무책이었다. 치마 속에 숨긴 칼을 꺼낼 새도 주지 않았다. 만약 지금 총을 쏜다면 피할 수 없다.

최악의 상상이 머릿속을 스쳤다.

우베와 올리비아의 비명이 들려왔다.

죽는다.

"—극상이야."

각오한 순간, 귀에 익은 목소리가 들리며 와이어가 잘렸다.

지비아의 발이 해방되었다. 몸을 틀어 땅에 잘 착지했다. 릴리는 세게 엉덩방아를 찧으며 옆에 떨어졌다.

"드디어 움직이기 시작했나."

단검을 움켜쥔 클라우스가 서 있었다.

어두운 두 눈으로 숲 안쪽을 보고 있었다.

"지비아, 릴리, 정신 바짝 차려. 마침내 암살자가 움직이기 시작했다."

그는 그렇게 고하더니 처음부터 자리에 없었던 것처럼 다시 어둠 속으로 사라졌다.

『등불』과 『시체』의 싸움이 시작되려 하고 있었다.

3장 탄로

과거에 있었던 일이다.

불가능 임무에 대비해 그레테는 클라우스에게 집중적인 훈련을 받고 있었다. 테이블을 사이에 두고 체스라도 두듯 마주 앉았다. 체스판 대신 우베의 저택 도면이 놓여 있었다.

"우베 씨의 위치는 응접실. 시간은 오후 두 시. 나는 배달업자로 분장하여 잠입한다. 주머니에는 A를 숨기고 있어."

"……그럼 먼저 사라 씨의 동물로 화기류를 소지했는지 확인하고—."

시뮬레이션이었다.

평소 하는 훈련을 머릿속으로만 전개해 나갔다. 클라우스가 암살자라는 설정이었고, 그레테가 어떻게 동료에게 지시를 내릴지 즉답했다. 그야말로 체스 대국처럼 교대로 행동을 발표하며 도면상의 말을 움직였다.

점차 그레테가 클라우스를 궁지에 몰았다. 상대의 무기를 빼앗고 저택 구석으로 몰아넣었다. 이대로 문제없다고 생각했지만—.

"여기서 나는 주머니에 넣어 뒀던 A를 공개하겠어."

클라우스가 초반에 덮어 뒀던 메모를 뒤집었다. 거기에는 상황을 역전시키는 아이템이 적혀 있었다. 처음부터 그는 여기까지 다 예상했을 것이다.

그레테는 한숨을 쉬었다.

결과는 암살자 측의 승리였다. 동료를 나타내는 말은 전부 쓰러져 있었다.

"나쁘지 않았어."

클라우스가 평가를 내렸다.

"한 번 더 하지. 할 수 있겠나?"

"네, 물론입니다……."

설정을 변경하면 바로 싸울 수 있다.

다시 말을 세우고 그레테가 말했다.

"……평상시 훈련도 이렇게 한다면 보스에게 부담이 덜 갈 텐데요……."

"아니, 상상과 실전은 달라. 그리고 나도 자세히는 설명 못 해."

예를 들어 『지비아 씨를 등 뒤에서 돌격시키겠습니다』라는 행동에 클라우스는 『나는 호랑이처럼 대처한다』라고 대답할 때가 있었다. 너무 불합리했다.

하지만 여러 번 경험한다는 의미에서 시뮬레이션은 효과적이었다.

하룻밤에 몇십 번을 클라우스와 싸우고 패배라는 경험을 거듭할 수 있었다.

"질문이 있는데—."

간간이 잡담하기도 했다. 홍차를 마시며 휴식을 취했다.

그레테는 먼저 고개를 끄덕였다.

"……네, 오늘 속옷 색깔은—."

"안 물었어."

"—흰색입니다."

"억지로 끝까지 말하지 마."

클라우스가 어이없다는 표정을 지었다.

성적인 화제를 계속 꺼내라고 어떤 동료에게 조언을 받았다. 그것을 의심하지 않고 충실하게 따른 결과였다.

어쨌든 「……예상대로입니다」 하고 허세를 부렸다.

"사실은 좀 더 진지한 질문을 하고 싶었는데."

클라우스가 이마를 짚었다.

"진지한 질문이요?"

결혼식장 확보에 관해서 말인가요? 그렇게 말하고 싶은 기분을 삼켰다. 진짜로 정나미가 떨어질지도 모른다.

클라우스가 날카로운 시선을 보내왔다.

"—너는 왜 양성 학교에서 실력을 발휘하지 못했지?"

정말로 진지한 질문이었다.

가라앉듯 깊은 그의 두 눈에서도 진지함이 느껴졌다.

"물론 다른 멤버도 포함해서 교관에게 정보를 얻었어. 릴리는 실수가 잦고 자유분방한 성격이라 주위에 녹아들지 못했지. 사라는 원래부터 스파이가 되고자 하는 동기가 약해. 지비아는 출신 때문에 한때 소행이 거칠었어."

그 세 사람은 이번에 한 조가 될 동료였다.

자신에게만 밝힌 것이리라.

"하지만 그레테. 너는 잘 모르겠어. 무슨 일이 있었지?"

"……."

신경 써 주고 있는 듯했다.

그다지 즐거운 이야기는 아니지만 자연스럽게 표정이 풀어지고 말았다.

"분명 말해도 믿지 않으실 거예요……."

"아니, 네 말이라면 믿어."

"……감사합니다."

든든한 말이었다. 그것만으로도 심장 고동이 빨라졌다.

찻잔을 두 손으로 감싸듯 들고서 비밀을 털어놓았다.

"……사실 저는 남성을 어려워해요."

의외로 클라우스는 반응이 늦었다.

목소리를 내지 않고, 표정근을 일절 움직이지 않고, 눈도 깜박이지 않았다.

"………."

그야말로 시간이 멈춘 것처럼 온몸을 정지시키고서 상당히 긴 침묵을 이어 갔다.

"……보스?"

고개를 갸웃했다.

"믿는다고 약속하셨잖아요?"

"미안, 이해를 못 했어."

태연하게 너무한 말을 했다.

"……그러니까, 저는 남성이 앞에 있으면 위가 쓰려요."

"내 앞에서는 전혀 그런 기색이 없는데."

"보스는 예외입니다."

"그 편리한 설정은 뭐지."

클라우스는 납득하지 못한 것 같았다.

불만스러운 시선을 보내고서 재차 깊이 생각에 잠겼지만, 이내 「믿는다고 약속했으니까」라고 감탄으로도 체념으로도 들리는 코멘트를 남겼다. 다시 홍차를 입에 머금고 고개를 가로저었다.

"네 연심은 수수께끼가 많아."

"그런가요……?"

자신에게는 보통이지만 역시 그에게는 이상하게 느껴지는 듯했다.

기묘한 일이었다.

클라우스는 그레테라는 인간의 가치를 결정적으로 바꿨는데.

하지만 그것을 설명하고 싶다는 욕구보다도 다른 우선 사항이 있었다.

"저도 질문이 있습니다."

그렇게 이야기를 바꾸기로 했다.

"뭐지?"

"손에 난 상처, 어떻게 된 건가요……?"

클라우스의 손에는 빨간 선이 그어져 있었다. 평소의 그라면 있을 수 없는 상처였다.

아아, 하고 클라우스는 별일 아니라는 듯 중얼거렸다.

"낮에 긴급 임무가 있었어. 나답지 않게 살짝 긁혔어. 금방 나아."

"……피로가 상처로 이어지기 시작한 거예요. 이만 쉬세요."

"신경 쓰지 마. 어차피 작성해야 할 보고서가 쌓여서—."

그레테는 테이블에 놓인 만년필을 집어 들었다.

클라우스가 애용하는 물건이었다. 품에 꼭 안았다.

"……보스가 쉬실 때까지 이 만년필은 돌려드리지 않겠어요."

클라우스를 지그시 바라보았다.

그는 불만스럽게 눈썹을 찡그렸지만 최종적으로는 「—극상이야」라고 중얼거리고서 저택 도면을 정리하기 시작했다. 훈련이 끝났음을 의미했다.

"알겠어. 오늘은 이만 자도록 하지. 어쨌든 너는—."

"네. 물론 같은 침대에서 자장가를—."

"나가."

"……."

아직 다 말하지도 않았는데 미리 제지당했다.

"그레테, 너도 피곤하겠지. 나도 바로 잘 테니까 불을—."

말이 거기서 멈췄다.

돌아보니 클라우스는 침대에 쓰러져 있었다. 눈을 감고 조용히 호흡하고 있었다. 전원이 다 된 듯한 빠른 전환이었다.

"……빨라."

이대로 자면 감기에 걸릴지도 모른다. 허둥지둥 그의 몸에 담요를 덮었다.

"……."

평소 같았으면 다가가기만 해도 눈을 떴을 텐데 클라우스는 잠든 채였다. 피로가 쌓였을 것이다. 그가 이렇게까지 빈틈을 보이는 것은 처음이었다.

"……제 앞이라서 방심하시는 건가요?"

소망을 담은 의문을 던져 봤지만 클라우스는 대답이 없었다.

살며시 그의 손을 만져 봤다. 역시 일어나지 않았다. 깊이 잠들어 있었다.

"……아주 조금이지만 기대 주신 걸까요?"

단단하고 따뜻한 손의 감촉을 맛보며 그레테는 계속 옆에 있었다.

—고동이 빨라졌다.

옆에서 편안히 잠든 얼굴을 보기만 해도 마음이 벅차올랐다. 햇빛을 받은 것처럼 몸이 따뜻해졌다.

사랑에 보답을 바라면 안 된다— 머리로는 이해해도 저도 모르게 욕심이 났다.

'이 사랑이 결실을 볼 거라고는 조금도 기대하지 않지만…….'

그레테는 클라우스의 손을 꼭 쥐었다.

"그래도 임무를 달성하여…… 당신의 기대에 부응했을 때……
……1%라도 애정을 바라는 건 욕심일까요……?"

그건 그레테에게 잊을 수 없는 한때였다.

◇◇◇

우베를 회유하면서 첩보는 단숨에 진전됐다.

지휘의 중심이 된 사람은 그레테였다.

메이드 업무를 소화하며 다른 소녀들에게 차례차례 지령을 날렸다.

지비아는 그레테의 지시에 따라 놀라운 활약을 보였다.

"……심해의 암석을 문지르듯 우베 씨를 정탐하라고 보스의 지령이."

"일반인이 알아들을 수 있게 부탁해."

"내일 회식에 참가하는 사람의 정보를 우베 씨를 통해 알아내라는 의미겠죠."

그렇게 지시하자 지비아는 알겠다며 고개를 끄덕이고 바로 서재로 날아갔다.

"안녕, 우베 씨. 슬슬 출발하는 편이 좋지 않을까?"

자동차 열쇠를 들고서 막역하게 우베에게 말했다.

우베는 「평소보다 한 시간 이르잖아」 하고 나무랐지만 지비아는 「날씨가 좀 안 좋아질 것 같아서 말이야. 뭐, 일찍 도착하면 내일 일정에 관한 얘기라도 하자고」라며 교묘한 말로 빈축을 사지 않았다.

분명 목적을 완수하고서 다시 저택에 돌아올 것이다.

임무를 소화하면서도 고용주와 양호한 관계를 유지했다.

현재로서는 그녀가 임무의 열쇠였다.

릴리는 지비아와는 다른 방향성으로 활약했다.

타고난 매력적인 외모와 밝은 성격 덕분에 저택 거주자들이 좋아했다. 양성 학교에 다닐 때는 잘 풀리지 않았다고 하지만, 원래 실수해도 용서받는 타입이었다. 다소 부자연스럽게 행동해도 그녀라면 의심받지 않았다.

"……릴리 씨. 회식에 대비해 도청기를 늘릴 거니까 사람들의 관심을 다른 곳으로 돌려 주세요."

"그럴 줄 알고 이미 양동이를 엎어서 복도를 흥건하게 적셔 놨어요."

"……."

"앞을 내다보는 재능이 각성한 릴리랍니다."

릴리가 환한 얼굴로 피스 사인을 만들자 복도에서 올리비아의 비명이 들려왔다. 릴리는 「이렇게 빨리 들킬 줄이야!」라며 울상을 짓고 달려갔다.

수단이 요란하긴 하지만 릴리가 있기에 다른 동료가 암약할 수 있었다.

그 특색을 마음껏 살리고 있었다.

저택 밖에 있는 사라에게는 잡무를 맡겼다.

동물을 이용해 자잘한 일을 수행했다. 본인은 겸손하게 말하지만 사라만이 할 수 있는 일은 꽤 많았다.

그레테는 장을 보러 가는 길에 사라와 정보를 교환했다.

"아쉽게도 함정에는 아무런 흔적도 없었습니다. 우리 아가도 냄새를 맡지 못한 걸 보면 뭔가 대책을 세워 뒀던 것 같습니다."

그레테도 예상했던 대답이기에 그저 고개를 끄덕였다.

"……그럼 내일은 종일 경계해 주세요. 저택 주변에서 늘 대기를……."

"알겠습니다."

사라는 고개를 끄덕이고 소심한 표정을 지었다.

"차, 참고로 암살자가 또 올 가능성은……."

"없다고 단언할 순 없네요……."

"으으. 그렇겠죠. ―아뇨, 괜찮습니다. 저도 힘내겠습니다."

자신을 고무하듯 뺨을 두드리고 사라는 길모퉁이로 사라졌다.

소녀들의 연계가 잘 기능하기 시작했다.

◇◇◇

마지막 자동차가 떠나자 저택은 밤의 고요함에 휩싸였다.

헤드라이트 불빛이 산속 나무들을 순서대로 비추다가 이내 시야에서 사라지니 아까의 소란이 마치 거짓말 같았다. 현관문을 닫는 소리가 묘하게 사실적으로 귓가에 남았다.

그레테는 크게 한숨을 쉬었다.

우베의 저택에서 열린 회식은 무사히 끝났다.

이런 외진 곳에서 열렸음에도 불구하고 총 서른 명이나 되는 방문객이 찾아왔다. 다들 우베를 따르는 정치가와 유권자였다. 평소 사용하지 않는 빈방을 준비하고 메이드 네 명이 동분서주하여 어떻게든 해냈다.

현관 앞에서 어깨의 힘을 빼고 있으니 지비아가 곤란한 표정으로 다가왔다.

"지비아 씨, 무슨 문제라도 있었나요?"

"아~ 조금."

지비아는 엄지로 위층을 가리키며 웃었다.

"우베 씨가 회식 비용을 알고 마구 화내고 있어. 뭐, 지병 같은 거야."

"아뇨, 그게 아니라……."

지비아는 고개를 끄덕이고 수신호로 전했다.

『침입자 없음. 수상한 녀석은 소지품을 털어 봤지만 무기 종류는 없었음.』

그레테도 수신호로 대답했다.

『사라 씨의 경계에 이상 없음. 릴리 씨는 웬일로 메이드 일을 실수 안 함.』

정보 확인이 끝났다.

즉, 만사가 잘 풀렸다는 뜻이다.

"그레테의 지시가 완벽했던 덕분이야. 역시 대단해. 절대로 무리인 일정이라고 생각했는데 마법처럼 원활하게 풀렸어."

"아뇨, 칭찬받을 사람은 여러분이죠. 저는 뒤쪽에 있었으니까요."

겸손하게 말했지만 내심 강한 자부심도 있었다.

—잘하고 있다.

클라우스의 지시가 없어도 자신이 현장에서 판단하여 다른 소녀들에게 정확한 지시를 내리고 있었다. 착실하게 정보를 모아 한 걸음씩 확실하게 적을 몰아넣고 있을 터다.

머릿속에는 무모한 짓을 되풀이하는 정인이 있었다.

'……보스가 기대야 하니까요.'

그레테는 입을 꾹 다물었다.

최선을 다하고 있었다. 동료가 협력해 준 덕분에 일은 예정대로 진행 중이었다.

아무튼 메이드 일에 종사하려고 식당에 돌아갔다. 많은 식기류가 여전히 주르륵 놓여 있었다. 바로바로 치운다고 치웠지만 사람이 너무 많았다. 우베의 방침대로 요리는 인원수에 딱 맞춰 준비했지만 많이 남았다.

정리하고 있으니 지비아가 「그런데 그레테」 하고 말을 걸어왔다.

"요전번에 너는 정치가 집안 출신이라고 했지?"

"……네. 그건 왜?"

"이런 사교계에도 출석했어? 조금 부러워. 그 뭐냐, 『휘황찬란』해서."

남은 진수성찬을 보고 다시 회식을 떠올리고 있는 듯했다.

지비아는 황홀한 표정을 짓고 있었다.

오늘 회식은 휘황찬란하다는 표현이 잘 어울렸다.

초대객 중에는 우베의 정책에 공감을 표하는 재벌 관계자도 있었고, 고아원 출신 배우도 산뜻한 웃음을 머금고서 섞여 있었다. 같이 참가한 부인은 아름다운 드레스를 입고 전신에 보석을 두르고 있었다.

급진 좌파여도 정치가의 회식은 역시 화려했다.

지비아에게는 아주 눈부시게 보인 듯했다.

그레테는 고개를 가로저었다.

"……아뇨, 제게는 도저히 익숙해질 수 없는 세계였어요."

그것이 솔직한 대답이었다.

당연했다. 안 그랬다면— 자신은 스파이가 되지 않았으리라.

지비아는 「흐응」 하고 싱겁게 맞장구를 쳤다.

"하긴, 너는 남자를 어려워하지."

뭔가를 헤아리긴 했을 것이다.

깊이 파고들지 않는 상냥함이 고마웠다.

"……지금은 해야 할 일에 집중하죠. 언젠가 또 얘기하겠습니다."

그레테는 얼버무리듯 미소 짓고 정리에 전념했다. 지비아도 「오케이」 하고 소탈하게 대답했다.

그레테는 마음을 다잡았다.

'맞아요, 집중해야 해요……. 보스를 위해…….'

일순 가슴 통증에 마음을 빼앗겼지만 고개를 흔들어 떨쳐 냈다.

복도로 나오니 올리비아가 기다리고 있었다.

"그레테, 잠깐 괜찮을까?"

평소보다 한 옥타브 낮은 목소리였다. 설교일 것이다. 그 음성만 들어도 알 수 있었다.

—극복해야만 한다.

자신을 고무하기 위해 「……예상대로입니다」 하고 몰래 중얼거렸다.

그렇게 불려 간 곳은 올리비아가 쓰는 사용인실이었다.

어질러진 물건이 침대 주위에 쌓여 있고 사복은 아무렇게나 의자에 걸려 있었다. 가끔 피우는지 담배의 잔향이 감돌았다. 평소에 올리비아는 자기 방에 소녀를 들이지 않았다. 방이 더러워서 그렇다고 주장했는데 그게 사실이었나 보다.

올리비아는 옷걸이가 된 의자에 쌓인 옷을 깔고 앉았다. 그레테를 정면에 세우고 강한 시선을 보내왔다.

"오늘 회식 때 왜 줄곧 부엌에 있었어? 나는 네가 손님 옆에 계속 있었으면 했는데."

역시 꾸짖으려는 모양이다.

그레테는 바로 머리를 숙였다.

"……죄송합니다. 몸 상태가 좋지 않아서. 설거지라면 할 수 있을 것 같았습니다."

"음~ 설거지야 나중에 해도 됐는데 말이지."

그레테의 컨디션 불량은 반은 진실이고 반은 거짓이었다.

많은 남성을 앞에 두고 위가 쓰렸다. 그건 틀림없었다.

하지만 그뿐만이 아니라 그레테는 몰래 스파이 업무에 힘쓰고 있었다. 그걸 눈치채지 못하게 둘러대야 했다.

올리비아는 자신의 머리카락을 손으로 가지고 놀기 시작했다. 불편한 심기를 숨기지 않았다.

"있지, 너도 열여덟 살이니까 이제 알겠지만 정계는 남성 사회야. 여자를 깔보는 놈들로 넘쳐 나. 그런 모임은 젊고 예쁜 메이드가 열심히 웃고만 있어도 화기애애하게 굴러가는 법이야. 그래서 꼭 네가 서 있었으면 했는데 말이지."

"그랬군요……."

당연히 아는 내용이지만 처음 듣는 것처럼 고개를 끄덕였다.

올리비아는 조금 기분이 풀린 듯 미소 지었다.

"처음에는 불편하지만 그렇게 나쁘지 않아. 적당히 알랑거리면 용돈도 주고, 여행이나 극장에 데려가 주는 아저씨도 있어."

"……그건 올리비아 씨가 특별히 예쁘셔서 그런 게 아닐까요."

"어? 그렇게 생각해? 기뻐라. ―아니, 이게 아니라."

올리비아는 일순 느슨해진 입매를 다잡았다.

"컨디션이 안 좋은 이유가 있는 거니?"

"……."

자, 어떻게 변명할까.

말재주는 없으므로 적절한 변명을 꺼내야 했다.

진실과 동떨어진 거짓말은 현실성이 없다. 하지만 시시한 사실을 말해도 상대는 납득하지 않는다.

여기선 만인이 받아들일 화제를 던져야 할까.

"……실은 사랑하는 남성이 있어서 다른 분과는 그다지 엮이고 싶지 않습니다."

"뭐?! 그 얘기, 자세히 들려줘!"

올리비아가 의자를 쓰러뜨리며 벌떡 일어났다.

"……."

예상보다 적극적인 입질이었다.

아니, 물고 안 놓는 수준이었다.

"아, 네……."

그 압력에 눌리며 그레테는 설명했다.

"……음. 소위 말하는 상사병이라고 할까요. 그분을 생각하면 다른 남성과 얘기하는 것도 주저되어서……."

"아! 혹시 그 사람?"

"……그 사람이요?"

"요전번에 왔던 미남. 아~ 그렇지. 그레테는 못 봤나. 암살자가 왔을 때 마침 지나가던 미남이 있었어."

올리비아는 그 남자의 특징을 들었다.

중성적으로 생겼고, 장발이고, 표정이 딱딱한 정장 차림의 젊은 남성.

"다른 애들이랑 친해 보이던데, 어떤 사람이야?"

"……어떤 사람이냐고 물어보셔도."

"널 만나러 여기 왔던 거야? 가르쳐 줘. 그 남자는 지금 어디 있어?"

"……아뇨, 그냥 학교 선생님이에요……. 아르바이트 중인 학생의 모습을 보러 왔던 거겠죠."

"아, 그런가. 되게 착실한 사람이네. 에이, 지레짐작이었나."

잇달아 질문을 던지고서 올리비아는 웃었다.

"미안, 이 직장은 연애 얘기를 별로 못 하니까 굶주렸었어. 근데 좋겠다~ 사랑인가~ 그런 사정이 있다면 억지 부리기 어렵네."

굶주렸다고 할 만한 수준은 아니었던 것도 같지만 적당히 맞장구를 쳤다.

올리비아는 후우 하고 깊은 한숨을 쉬고서 의자를 세우고 다시 앉았다.

어쨌든 그녀의 호감을 얻은 듯했다. 그레테도 작게 숨을 돌렸다.

하지만 거기서 생각지 못한 말을 들었다.

"그럼 내가 가져도 돼?"

올리비아의 제안에 그레테는 고개를 갸웃했다.

"갖는다고요?"

"그레테가 좋아하는 사람이 그 선생님이 아니라면 내가 가져도 되잖아?"

마치 물건을 다루는 듯한 표현이었다.

올리비아는 태연하게 말했다.

"다음에 만나게 해 줘. 내가 예정 맞출게."

"……하지만 그분과 만나더라도 연인이 될 수 있을지 없을지……."

"응~? 그건 모르는 일이지~ 나 얼굴도 괜찮고, 몸매에도 자신 있으니까."

"……."

"그쪽도 쌓였을걸. 술 먹이고, 나도 취한 척 가슴을 들이대고, 침대로 잘 끌고 가서 일을 치러 버리면—."

거기서 올리비아의 말이 멈췄다.

표정에서 미소가 싹 사라지며 그레테를 관찰하는 얼굴이 되었다.

"뭐야."

올리비아가 말했다.

"—그레테, 그런 표정도 지을 줄 아는구나."

"……."

자신은 지금 어떤 표정을 짓고 있을까.

도저히 거울을 볼 자신이 없었다.

올리비아는 배를 잡고 웃기 시작했다. 「당연히 농담이지. 그레테, 알기 쉽다!」라면서 손뼉을 쳤다. 웃음보가 터진 듯했다.

그러고서 그녀는 일어나 그레테의 어깨에 손을 올렸다.

"뭐, 선생님에게 사랑앓이하는 것도 좋지만. 일을 대충 하는 건 안 돼. 괜찮아, 걱정하지 않아도 남자는 분명 널 돌아볼 테니까."

"……그럴까요?"

"응. 그레테는 미인인걸. 좀 더 여유를 가져."

올리비아는 빙그레 웃었다.

"우리 같은 미인은 가볍게 살면 돼. 남자는 부담스러운 여자를 사랑하지 않아."

분명 격려하려고 건넨 말일 것이다.

성인 여성이 미성숙한 소녀에게 하는 조언.

순순히 받아들이자고 생각했지만—.

"—그 생각은 싫습니다."

그레테는 정반대 대답을 했다.

"……사랑받으려고 노력하지 않는 사람을, 저는 좋아할 수 없어요."

"그게 뭐야."

모처럼 건넨 충고가 무시당해서 올리비아도 울컥한 듯했다.

그레테의 어깨에서 손을 떼고 짜증 가득한 날 선 시선을 보냈다.

"—그래서 네가 사랑받지 못하는 거 아닐까?"

"……읏."

그레테는 입술을 깨물었다.

몇몇 말이 머릿속을 스쳐서 구역질이 올라오는 것을 참았다.

"아, 정곡을 찔렀구나."

조롱하듯 올리비아가 비웃었다.

"그렇겠지. 너 음침한걸."

그게 본심인 모양이다.

올리비아는 내쫓듯 손을 휘저었다.

"사람이 모처럼 건넨 조언을 무시할 거면 됐어. 뭐, 싫다는 티 팍 팍 내며 억지로 회식 자리에 서 있어도 기분만 나쁠 뿐이고."

이야기는 끝난 듯했다. 냉담한 시선을 보내왔다.

이 방에는 두 번 다시 들어오지 못할지도 모른다.

그렇게 느끼고 구석구석까지 순식간에 관찰했다. 테이블 위에 소중히 놓인 공예품이 눈에 들어왔다. 비취색 보석이 반짝이고 있었다.

"……그런데 그 브로치. 예쁘네요."

올리비아는 눈썹을 찌푸렸다.

"애인한테 받은 선물이야. 그게 왜?"

"아뇨, 아무것도……."

그레테는 정중히 머리를 숙이고 올리비아의 방을 떠났다.

가르가드 제국의 공예품이죠? 하고 묻고 싶은 기분을 꾹 누르고서—.

올리비아의 추궁으로부터 도망친 그레테는 사용인실 침대에 쓰러졌다.

'……지쳤어요…….'

하루의 끝을 맞이할 때마다 피로가 축적됐다.

정신 바짝 차리고 있어야 한다고 생각하지만 몸은 나태해지기를 원했고 머리 회전은 둔해졌다.

잠옷으로 갈아입어야 하는데. 그렇게 머리로는 판단해도 일단 이불에 깊이 가라앉은 몸은 당장 움직여 주지 않았다. 이 권태감은

단순히 과로 때문이 아닐 것이다.

올리비아의 말은 그레테의 마음의 연한 부분에 푹 박혔다.

『―그래서 네가 사랑받지 못하는 거 아닐까?』

자각은 있었다.

릴리처럼 만인을 매료하는 매력적인 생김새도 아니다. 지비아처럼 겉과 속이 다르지 않은 쾌활한 성격도 아니다. 사라처럼 보호본능을 자극하는 귀여움도 없다.

자신은 어둡고, 이론뿐이고, 대화도 잘하지 못하는 여자다.

―클라우스는 자신에게 연애 감정이 없다.

그건 그레테도 헤아리고 있었다.

'그렇기에 애쓸 수밖에 없어요…….'

노력하고, 성과를 내고, 기대에 부응하고, 사랑받는다. 그것밖에 없다.

그레테는 침대 옆 서랍장 위에 놓인 것으로 손을 뻗었다.

―만년필.

그것을 움켜쥐고 살며시 품으로 가져왔다.

'……보스에게서 뺏고 돌려드리지 못했어요.'

결국 부적 대신 가져왔다. 그것을 만지며 그와의 추억에 잠겼다.

애인에게 브로치를 받은 올리비아에 대한 저항이었다.

자신은 정인에게서 훔친 만년필이 있다고 말이다.

물론 승패는 불 보듯 뻔했지만.

"……보스."

중얼거렸지만 대답이 있을 리도 만무했다.

한동안 망상에 잠겨 있는데 누군가가 방문을 노크했다.

옆방을 쓰는 릴리가 얼굴을 내밀고 있었다.

"아, 오늘 수고 많았어요~."

"릴리 씨……?"

상체를 일으켜 그녀와 마주했다.

그러고 보니 아직 보고를 마치지 않았다. 까맣게 잊고 있었다.

"오늘 회식과 관련된 얘기라면—."

"—일단 업무 얘기는 차치하고."

하지만 그런 그레테의 말을 무시하고서.

"쓰담쓰담."

릴리는 침대로 폴짝 올라오더니 그레테의 머리를 쓰다듬었다. 천진난만하게 웃으며 아이를 달래듯 만졌다.

그레테는 눈을 깜박였다.

"……왜 그러시나요?"

"아뇨, 그레테가 피곤해 보여서 달래 주려고요."

"하아……."

"선생님은 아니지만 제 손으로 참아 주세요."

갑자기 왜 이러는 걸까.

이해하지 못한 채 손길을 받고 있으니 릴리가 웃었다.

"선생님의 피로를 푸는 게 그레테의 역할이라면, 그레테의 피로를 푸는 건 제 역할이에요. 너무 어렵게 생각하지 말아요."

자신의 피로가 걱정된 모양이다.

릴리는 그레테의 뒤로 돌아가 안마했다. 익숙한 손놀림으로 머리, 목, 어깨, 등을 풀어 줬다. 그녀가 말하길, 동료인 모니카에게도 자주 마사지를 해 준다고 했다. 아마 『잘못을 저지르고 명령받아서 한다』가 정확한 표현이겠지만, 어쨌든 능숙했다.

그러나 한편으로 신경 쓰이는 점도 있었다.

—뒤통수에 닿는 말랑한 촉감.

"……릴리 씨는 몸매가 좋네요……."

"느닷없이 왜?!"

릴리의 가슴이 계속 닿았다.

릴리는 갑자기 허둥거리며 몸을 뒤로 뺐다. 평소에는 그렇게나 까불거리면서 자기 몸매나 성적인 화제가 나오면 바로 부끄러워했다.

자신도 릴리만큼 수줍음이 필요한 걸까.

그레테는 한숨을 쉬었다.

"……아뇨. 보스를 수없이 유혹하고 있는데 계속 실패해서 신경이 예민해졌어요."

"풀 죽을 필요 없어요. 그레테의 몸매도—."

릴리의 말이 부자연스럽게 멎었다.

시선은 그레테의 평평한 흉부에서 멈춰 있었다.

"그, 그러니까……."

"그러니까?"

"…………남장이 특기일 것 같네요."

"……"

겨우 짜낸 말이 그것이었다.

지뢰를 밟았다는 걸 알았는지 릴리가 빠르게 말하기 시작했다.

"여, 역시 변장 전문가! 체형 관리가 완벽해요!"

"……"

"가슴을 압박하지 않아도 남자로 둔갑할 수 있는 천재!"

"……"

"평소에도 남장하고 있다고 해도 과언이 아니에요!"

릴리의 손을 잡았다.

"새끼손가락을 꺾어도 될까요……?"

"진짜 화났어?!"

릴리가 비명을 질렀다.

하지만 크게 대미지를 입은 사람은 그레테였다. 릴리에게서 등을 떼고 앞으로 푹 쓰러졌다. 아픔으로 가득한 세계 같으니, 하고 중얼거리며 이불을 때렸다.

콤플렉스를 마구 지적당해서 울고 싶어졌다.

덤으로 클라우스에게 했던 말도 머리를 스쳤다.

'제 가슴에 안겨 잠들라는 대사…… 애처롭다는 자각은 있어요…….'

객관적으로 보면 상당히 형편없었다.

클라우스가 『너한테 가슴이 어디 있지?』라고 지적한다면 혀 깨물고 죽을 것이다.

심리적으로 만신창이가 되어 있으니 릴리가 등을 두드렸다.

"걱정하지 말아요. 그레테에게도 멋진 매력은 잔뜩 있어요."

명랑한 목소리로 말했다.

"그래서 우리는 언제나 동료로 있는 거예요."

달래 준 것보다 대미지를 더 크게 입힌 것도 같지만, 릴리는 생글거리며 떠나갔다.

릴리가 사라진 방에서 그레테는 한숨을 쉬었다.

마음은 고맙지만 릴리의 말은 도저히 받아들일 수 없었다.

'……제게 매력이 있다는 생각은 도저히 안 들어요…….'

시트에 얼굴을 묻고 팔로 머리를 감쌌다.

한번 가라앉아 버린 마음은 과거의 상처를 일깨웠다.

—『너 같은 딸은 사랑할 수 없어!』

그 저주가 떨어지지 않았다. 몇 번이고 말이 플래시백했다.

머리를 눌렀다. 또 떠올리고 말았다.

—『어째서 평범하게 웃지도 못해!』

목소리를 지우고 싶어서 이불을 뒤집어썼다.

—『너처럼 기분 나쁜 딸이 왜 태어난 거야!』

하지만 그 잔향은 사라지지 않았다.

◇◇◇

클라우스는 어떤 호텔에서 보고서를 읽고 있었다.

한 스파이 양성 학교에서 받은 자료였다. 시험 내용과 그레테의 성적. 필기시험은 만점에 가까웠다. 하지만 실기 시험이 되면 바로 성적이 떨어졌다. 그래도 시험 내용이 다른 사람과 접촉하지 않는 공작이라면 우수함을 유지했다.

문제는 잠입이나 교섭같이 다른 사람과 접촉하는 시험이었다. 거기서 그레테는 낙제 직전의 성적을 받았다.

—저는 남성을 어려워해요.

의심하지는 않았으나 그녀의 말은 역시 진실이었던 모양이다.

'남성 공포증인가…….'

그레테의 부친은 정치가였다. 상원 의원. 중도 좌파의 대표 격으로, 급진 좌파인 우베와는 느슨한 협력 관계다. 공적인 자료로는 세 아들과 막내딸이 있었다. 그 딸은 요양차 열세 살부터 외국에서 살고 있다.

그레테는 부친의 강한 추천으로 양성 기관에 입소했다.

요컨대 버려졌다고 봐야 할까.

'정계는 남존여비가 뿌리 깊으니까. 여성에게는 미모와 고운 마음씨가 요구되고…… 남성 사회에 적합하지 않은 여성은 가치를 부정당해……. 지옥이겠지.'

그레테에게는 가혹한 환경이었을 것이 틀림없다.

『애랑(愛娘』이라는 코드 네임은 그녀 자신이 지었다고 했다.

정말이지 얄궂은 이름이었다.

클라우스는 보고서를 찢어 재떨이에 담았다.

"—하지만 이런 종이 뭉치로는 그 아이의 마음을 파악할 수 없어."

클라우스는 불붙은 성냥을 보고서에 올려 태웠다.

"어쨌든 지금은 임무를 끝낼까."

클라우스는 결론짓고 헝클어진 머리를 뒤로 묶었다.

"슬슬 시작하자— 암살자 사냥이다."

◇◇◇

사라는 오두막에서 애완동물에게 먹이를 주고 있었다.

우베의 저택과 마을에서 거리가 있기에 그녀는 빈 오두막에 숨어 들어 있었다. 매, 비둘기, 개, 쥐. 동물들의 케이지가 늘어선 모습은 마치 외양간 같았다.

운반, 양동, 수사. 동물을 다루는 법은 다양했다.

과학 기술이 발전한 시대에도 동물만이 할 수 있는 일은 많았다.

—조교.

타인에게 설명할 때, 사라는 편의상 자신의 능력을 그렇게 부르지만, 그녀와 동물은 신뢰 관계로 맺어져 있다고 생각했다.

특히 버나드라는 이름을 가진 매는 스파이 양성 기관에 들어가기 전부터 함께한 사이였다.

"옳지, 착하다. 너는 옛날부터 돼지고기를 좋아했죠."

그는 미식가였다. 사라가 만든 특제 먹이가 아니면 만족하지 않았다.

버나드가 먹이를 쪼아 먹는 모습을 바라보고 있으니 오두막에 노크 소리가 울렸다.

"힉!"

몸이 움찔했다.

적이 왔나.

무슨 일이 생기면 버나드한테 지켜 달라고 해야지. 그렇게 생각하며 매 옆에서 총을 들자 문 너머에서 「나다」 하고 익숙한 목소리가 났다.

"아, 선생님이군요."

문을 열자 클라우스가 서 있었다.

그가 어디서 뭘 하고 있는지 사라는 잘 몰랐다. 하지만 그의 가방에 들어 있는 서류를 보면 확실하게 성과를 올리고 있는 듯했다.

사라는 테이블을 방 중앙으로 옮기고 클라우스의 자료를 보았다.

반대로 클라우스에게는 지비아가 훔쳐 낸 자료를 내밀었다.

암살자가 죽인 것은 우베의 오랜 지인이었다. 아마 우베 주변에 암살자, 혹은 그 협력자가 숨어 있을 것이다.

"정보가 갖춰지고 있습다. 슬슬 후보가 부상할 것 같습다."

클라우스는 「그렇군」 하고 말하고서 새로운 자료를 꺼냈다.

시체가 죽였다고 추정되는 정치가에 대한 상세한 내용이었다.

"투신자살로 꾸미는 게 가장 많이 쓰는 수법이야. 흉기를 사용하지 않아서 추적하기 어려워. 겉으로 드러나지 않았을 뿐, 자살로 처리된 암살도 수두룩하겠지."

"악취미입다……."

"죽은 사람은 전후 부흥에 진력하던 정치기야. 원통하겠지……."

클라우스의 표정에 어두운 그림자가 드리워졌다.

눈앞의 사실에 집중하면 대국적인 시야를 잃어버린다.

평범한 살인이 아니었다. 사람이 사라지고, 정치가 움직이고, 나라를 바꾸고, 세계가 만들어진다.

제국에 있어 탐탁지 않은 정치가를 없애고, 입김이 닿은 정치가를 당선시킨다. 비용이 드는 전쟁을 일으킬 필요도 없이 이웃 나라를 지배해 나간다.

'이것이 그림자 전쟁…….'

저도 모르게 숨을 삼켰다.

시체라고 불리는 암살자— 판명된 것만 따져도 세계 각국에서 수십 명을 죽였다. 타깃뿐만이 아니었다. 어떨 때는 주변 인물까지 죽여서 누가 목적이었는지 특정할 수 없게 공작했다. 궁지에 몰렸을 때는 일반인을 끌어들여 죽이고 달아났다.

윤리관이라고는 조금도 없는 최악의 공작원.

—지금부터 싸워야만 하는 적.

분노와 함께 몸 안쪽부터 싸늘하게 식는 감각이 들었다.

"사라."

클라우스가 말을 걸었다.

“걱정하지 않아도 돼. 세계 최강인 내가 반드시 끝장낼 거야. 그렇게 무서워하지 마.”

그 한마디에 딱딱하게 굳었던 몸이 풀렸다.

세계 최강— 유치하게도 들리는 자부심과 긍지가 몇 번이나 사라를 구해 줬다.

겁쟁이인 사라에게는 그것이 마음의 버팀목이기도 했다.

클라우스는 그것으로 역할을 다했다는 듯 고개를 끄덕이고 밖으로 몸을 돌렸다.

“저, 저는!”

그 등을 향해 사라는 무심코 말했다.

해야만 하는 말이 있었다.

“한심하지만 안심했습다. 저를 믿어 주는 것도 기쁘지만, 본심을 말하자면 역시 저는 선생님이 지켜 주시는 게 더…….”

“부끄러워하지 않아도 돼.”

“저기! 그렇기에 그레테 선배를 신경 써 주시면 좋겠습다.”

클라우스는 이상하다는 표정으로 돌아보았다.

말을 꺼내고 나서 자신이 무슨 말을 하고 싶은지 이해했다. 겁쟁이인 자신이기에 할 수 있는 말이었다.

“분명 선생님이 생각하는 것보다 더, 그레테 선배의 행동은 용기가 필요함다.”

“…….”

클라우스는 아무 말도 하지 않았다. 표정은 평소보다 더 차가웠고 감정은 읽을 수 없었다. 이윽고 작은 목소리로 「그런가」라고 말하고서 그는 오두막을 떠났다.

◇◇◇

첫 번째 습격으로부터 닷새 후— 두 번째 습격이 발생했다.

총성을 듣고 벌떡 일어난 지비아가 우베의 침실로 달려가니 유리창이 깨져 있었다.

다행히 우베는 살아 있었다. 소총을 꺼내 들고서 씩씩거리고 있었다. 밤의 어둠을 향해 발포하고 있었기에 지비아는 그걸 말렸다.

"두 번째 암살 시도인가……."

실패한 듯했다.

창밖에서 저격하여 암살. 혹은 깨진 유리로 살상을 노렸나. 하지만 가구 배치를 바꿔 둬서 침대를 노리지 못한 것 같았다.

—기묘했다. 뛰어난 실력의 암살자가 이 짧은 기간에 두 번이나 실패하다니?

총알은 바닥에 떨어져 있었다.

지비아는 총알을 확보하여 바라보았다.

작은 권총을 사용했을 것이다. 25구경. 창문에서 나무까지의 거리는 어림잡아 30m. 거리에 비해 권총이 너무 작았다.

죽일 생각이 없었나? 잘 모르겠다.

총알을 손수건으로 싸서 주머니에 넣었다.

그제야 다른 거주민이 달려왔다. 별로 존재감이 없는 비서가 우베의 용태를 확인했다.

“간신히 살았어.”

우베는 크게 숨을 내쉬었다.

“백발, 네 덕분이야. 네가 침대를 멋대로 옮기지 않았다면 유리가 꽂혀서 죽었을지도 몰라.”

지비아는 「이야~ 멋진 우연도 다 있네」 하고 웃으며 대답했다.

물론 계산하고 한 행동이었다. 저택 주변을 둘러싼 나무들의 위치와 창문의 배치를 고려하여 밖에서 저격하더라도 괜찮도록 가구 배치를 바꿨다.

“또 그 추악한 멍자국 남자야.”

우베가 콧방귀를 뀌었다.

“젠장! 다음에는 꼭 쏴 죽이겠어!”

“야맹증은 좀 어때?”

“너희의 요리 덕분에 상당히 회복됐어. 다음에 나타나면 그 녀석의 수명도 끝나는 거야.”

2주간 영양이 풍부한 요리를 먹여서 우베의 증상은 개선되었다. 그건 좋은 일이지만, 너무 나서지 않았으면 했다.

지비아는 우베에게서 소총을 빼앗아 벽에 걸었다.

“용감한 건 좋은데 말이지, 우베 씨. 평범하게 경비원을 고용하는 건 어때?”

"으음, 그것도 나쁘지는 않지만……."

우베는 팔짱을 끼고 고민했다. 자신의 절약 정신과 저울질하고 있는 듯했다.

하지만 지비아 입장에서는 나쁘지 않은 전개였다. 신분만 확실히 증명할 수 있는 인간이라면 경비를 굳히는 것도 좋았다.

"—그건 안 돼요."

그것을 부정하는 목소리가 나왔다.

올리비아였다. 어느새 뒤에 서 있었다.

"우베 씨, 어디에 암살자가 있는지도 모르는데 외부 인간을 늘리다니, 저는 반대예요. 너무 무서워요."

몰아치듯 말을 꺼내 우베를 설득했다.

입을 계속 움직이며 우베 옆에 찰싹 붙었다.

"그런데 우베 씨. 역시 최근 온 외부인을 해고해야 하지 않을까요?"

반사적으로 지비아가 한 걸음 앞으로 나왔다.

"무슨 소리야. 이번 습격도 내가—."

"너희, 별로 안 무서워하네? 왜일까?"

올리비아는 겁먹은 듯한 떨리는 목소리를 냈다.

"첫 번째 습격 때도 너희는 아주 용감했는데, 트러블에 익숙한 거니? 응? 어째서? 침대를 옮긴 건 정말로 우연이야?"

"……윽."

"우베 씨, 저 아이들의 신변을 다시 한번 조사하죠. 예를 들어 소지품을 꼼꼼히 체크한다든가……."

올리비아가 우베의 팔을 꼭 잡았다. 키스하는 게 아닐까 싶은 거리에서 주인을 바라보았다.

우베도 당황한 것 같았다.

의혹과 믿음직한 메이드 사이에서 난처한 듯했다.

지비아는 대답이 바로 떠오르지 않았다. 만약 자신의 신원이 수상하다고 의심받는다면 쫓겨날지도 모른다.

올리비아는 의기양양하게 미소 지었다.

"그건—."

"올리비아 씨……."

지비아가 대답하려고 한 순간, 후방에서 지원이 들어왔다.

"……유리를 맨손으로 잡는 건 위험해요."

그레테였다.

어느새 방에 있었다. 유리를 정리하며 고요한 눈빛을 보냈다.

올리비아는 말없이 마주 보았다. 싸늘한 표정으로 불쾌하다는 감정을 내비쳤다.

하지만 금세 웃었다.

"……그러게, 손끝을 베였어. 씻고 올게."

올리비아는 그렇게 말하고 오른손을 펼쳤다.

3cm쯤 되는 유리 조각이 바닥에 떨어졌다.

그녀는 재미없다는 얼굴로 우베에게서 몸을 떼고 침실을 나가려고 했다.

도중에 그레테와 엇갈린 순간, 두 사람은 서로를 노려보았다.

"……."

"……."

그 시선 교차가 무엇을 의미하는지.

지비아를 포함한 다른 사람들은 알 수 없었다. 어쨌든 방 청소에 착수하기로 했다.

지비아는 몰래 그레테에게 물었다.

"야, 올리비아 씨는 언제 깨진 유리를 잡은 거야?"

흡사 암기였다.

달인이라면 유리 조각으로 인간의 경동맥을 가를 수 있다. 비상시에 대응할 수 있는 무기. 그러나 소지 이유를 추궁당하더라도 얼마든지 둘러댈 수 있는 흉기였다.

―틀림없이 스파이의 기술이다.

"기척을 지우고 뒤에 서 있었어. 만약 올리비아 씨가 마음만 먹었다면 나는―."

"지비아 씨."

그레테는 정숙한 목소리로 중얼거렸다.

"지금은 메이드 일에 전념해 주세요."

그녀는 이미 뭔가를 깨달은 것 같았다.

연기를 계속하라고 촉구했지만, 그래도 한 가지 확인하고 싶었다.

"선생님은 어떻게 판단하고 있어?"

"……제게 맡기겠다고 하셨습니다."

지비아는 눈을 크게 떴다.

"너한테 거기까지 일임한 거야?"

그레테는 작게 고개를 끄덕이고 청소에 착수했다.

의외였다. 어느 정도는 현장에 재량을 맡기고 있다고 생각했지만, 거기까지 그레테가 짊어지고 있을 줄은 몰랐다.

"……."

그레테의 옆모습을 슬쩍 보았다. 그녀의 표정에는 패기가 없었다. 원래 몸이 튼튼한 타입은 아니었다. 심로가 축적되고 있었다.

'근데 그 녀석은 지금 어디 있는 거야?'

지비아는 허공을 노려보았다.

◇◇◇

결국 정리는 심야에 끝났다.

그레테는 머리를 누르며 사용인실로 돌아왔다. 두통이 일었다. 매일 밤낮으로 일하기 때문이리라. 긴장을 풀면 정신이 멍해졌다.

하지만 경계를 늦춰서는 안 된다.

생각해야 할 일이 산더미 같았다.

'……아마 **그녀**는 아직 움직이지 않을 거예요. 지금 움직이면 혐의가 짙어져서 그녀가 손해예요. 화는 나겠지만 보스를 경계하여 움직이지 못할 터…….'

사라에게 부탁하여 그녀의 여권 이력을 밝혀냈다.

출신은 동방의 소국. 이따금 우베에게 장기 휴가를 받아 해외여행을 다니고 있었다. 그녀의 여행지와 『시체』의 범행으로 추정되는 암살이 일어난 곳은 겹쳤다.

살해당하는 사람은 전부 정치 관계자였다. 우베가 쥔 정보를 이용하고 있는 듯했다.

'……하지만 아직 실력을 모르겠어요. ……습격 사건에 어떻게 대응하는지 관찰해서 조금씩 파악하고 싶지만…… 역시 이 이상은…….'

드디어 대단원이다.

여기서부터는 행동 하나하나가 임무의 성패를 가른다.

—자신이 잘못하면 동료가 죽는다.

"……읏."

그 발상에 이르렀을 때, 그레테는 누군가에게 심장을 꽉 잡힌 듯한 감각을 맛보았다.

이것이 클라우스가 짊어진 무게였다.

전부 혼자 소화하면 된다고 생각하여 행동하는 것도 이해가 갔다.

지난번 불가능 임무 때도 그는 수없이 갈등했었다. 그 이유를 마침내 몸소 이해할 수 있었다. 동료를 의지하는 것이 이렇게 무서울 줄은 생각도 못 했다.

푹 잠들 수 없었다.

잘 시간에 1초라도 더 계획을 짜 두고 싶었다.

밥이 넘어가지 않았다.

태평하게 식사하는 동안 사건이 발생하면 어쩌나.

발걸음이 무거웠다. 긴장을 풀면 무릎이 꺾일 것 같았다. 그러면 다시는 일어서지 못할지도 모른다.
그러다 융단이 울룩불룩 일어난 곳에 발이 걸렸다.
앞으로 고꾸라질 뻔했지만 누군가가 안아 줬다.
"그레테."
릴리였다.
옆에서 어깨를 잡고 불안한 눈빛을 보냈다. 사용인실 앞이었다. 자신이 오기를 기다린 걸까.
"괜찮아요? 아무튼 제 방에서 쉬어요."
"……죄송해요. 조금 휘청였어요."
그레테는 바로 그녀에게서 몸을 뗐다.
"이 정도는 침대에서 쉬면—."
"안 돼요. 또 마사지해 줄게요. 온몸이 해파리처럼 흐물흐물해질 때까지 주물러 줄게요."
릴리는 반론을 허락하지 않고 자신의 방으로 끌고 들어갔다. 힘은 릴리가 더 셌다. 거역하지 못하고 등을 떠밀렸다.
하지만 한편으로는 제안이 고맙기도 했다.
실제로 릴리의 마사지 기술은 좋았다. 콤플렉스를 자극한다는 점을 제외하면 몸이 아주 편해져서—.
그렇게 방심한 것이 문제였다.
"—속아 넘어왔군요."
"……예?"
기묘한 말을 속삭였다.

판단했을 때는 한발 늦은 상태였다.

"확보오오오오오오오오!"

릴리가 호령했다.

입이 막혔다. 얼굴을 돌리니 지비아가 있었다. 문 옆에 숨어 있었던 모양이다. 황급히 뿌리치려고 했지만 팔을 붙잡혀서 그것도 불가능했다. 「얌전히 있어」 하고 귓가에서 강도 같은 말로 위협했다.

그대로 침대에 넘어뜨려졌다.

끄응, 한심한 목소리가 나왔다.

침대 옆에는 사라가 대기하고 있었다. 엎어진 자신의 다리 위에 올라탔다.

오른팔은 지비아에게 잡혔고 왼팔은 릴리에게 잡혀 있었다.

온몸이 완벽하게 구속당했다.

"……저, 저기, 이건 대체……?"

"적은 가차 없이 심문할 것."

릴리는 그렇게 엄격히 고하고서 커다란 페인트붓을 꺼냈다.

보들보들한 털이 목덜미를 간질였다.

"~~~~~웃!"

몸부림쳤지만 구속은 풀리지 않았다.

"적에게 베풀 인정은 없습니다."

"어, 어제는, 언제든 동료라고 했잖아요……."

"거짓말이에요."

잘라 말했다.

절대로 해선 안 되는 타입의 거짓말이었다.

원망스럽다는 눈으로 바라보니 릴리가 치마로 손을 뻗었다.

「이얍」 하고 말하며 뭔가를 뜯어서 그레테에게 보여 줬다.

낯익은 단추 같은 기계.

"도청기……?"

"후후! 제가 언제까지고 속기만 하는 사람일 줄 알았다면 오산이에요."

저택에 설치한 것과 똑같았다.

분명 어젯밤 마사지하는 척 부착했을 것이다. 즉, 자신의 행동은 계속 누설되고 있었다는 뜻이다.

릴리는 의기양양하게 웃었다.

"멍자국 남자의 정체는— 그레테의 변장인 거죠?"

릴리의 말에 지비아와 사라도 의외라는 듯 「어?」 하며 눈을 동그랗게 떴다. 듣지 못한 채 덮친 모양이다.

그레테도 의외라고 느꼈다.

언젠가 들킬 거라고는 생각했지만 릴리가 가장 먼저 눈치챌 줄은 몰랐다.

묵비하려고 했으나 다시 붓으로 목을 간질여서 「~~~읏!」 하고 몸부림쳤다.

심문이 아니라 고문이었다.

그레테는 한숨을 쉬었다.

"……항복입니다. ……맞아요, 범인은 저, ~~~읏!"

밝히려고 했을 때, 또 간질였다.

릴리가 붓을 바라보며 「이거 즐거워요」 하고 감동했다.

"그래서— 왜 그런 변장을 했죠?"

"……지금 얘기하려다가 방해받았는데요."

"반응이 귀여워서 저도 모르게."

무안해하는 기색도 없이 말했다.

다행히 동료를 속였다는 죄책감이 사라졌다.

"암살자 행세를 하여 메이드나 경비원의 반응을 관찰했습니다……. 특수한 훈련을 받은 사람은 밝혀냈습니다……."

그랬다. 올리비아와 우베에게 발포한 사람은 그레테였다.

총성이 울리면 훈련받은 스파이는 확실하게 대응할 준비를 한다. 겁먹은 연기를 하면서도 자신이 노려지지 않도록 모습을 숨긴다. 그런 인물이 없는지 찾았다.

우베가 실행했던 수단과 같았다. 그의 경우는 너무 갑작스러워서 훈련받은 스파이여도 깜짝 놀라 엉덩방아를 찧고 말았지만.

릴리가 모든 것을 헤아렸다는 듯 미소 지었다.

"슬슬 이 임무의 전모를 밝힐 때 아닌가요?"

"……아뇨, 이건 제 책임이라."

"그레테는 굉장해요. 저희는 결국 보스가 떠안은 부담을 나눠 달라고 말하지 못했어요."

릴리는 그레테의 손을 꼭 쥐었다.

"하지만 이 말이라면 할 수 있어요. —그레테가 떠안은 부담을 나눠 줬으면 좋겠어요."

그 상냥한 눈을 본 그레테는 어째서 릴리가 변장을 간파했는지 알았다.

릴리는 리더로서 동료의 고뇌를 줄곧 걱정한 것이다.

아니면 반대일까.

자유분방해 보이지만 확실하게 동료를 생각하기에 리더로 지명됐을지도 모른다.

지비아가 「맞아」 하고 릴리의 말을 이어받았고, 사라도 「맞습다」 하고 고개를 끄덕였다. 그녀들도 다정한 시선을 보내왔다.

눈시울이 뜨거워졌다.

사랑해 주는 남성은 만나지 못해도, 걱정해 주는 동료는 이렇게나 있었다.

자연스럽게 입이 움직였다.

"여러분, 들어 주세요. 타깃인 시체는—."

그 말을 마치기 전에 그레테는 확실하게 들었다.

"역시 너희는 공작원이었나."

감정이 결핍된 목소리였다.

기척은 전혀 없었다. 그녀가 갈고닦은— 암살자 기술일까.

심장이 직접 꽉 움켜잡힌 것처럼 기분 나빴다.

"이제 됐어. 이번에는 요란하게 해야겠다."

목소리는 사용인실 문 쪽에서 들려왔다.

그 틈새로 올리비아의 모습이 보였다.

그녀가 뭔가를 방에 휙 던졌다.

—수류탄.

"창문으로!"

그레테가 외쳤다.

가장 먼저 움직인 사람은 지비아였다.

사라의 목덜미를 잡고 릴리의 엉덩이를 걷어차 유일한 출구로 동료를 보냈다. 해방된 그레테도 뒤따랐다.

지비아가 일격으로 창문을 날리고 전원이 다 같이 창문으로 탈출했다.

건물 벽에 몸을 숨기는 것과 동시에 폭탄이 작렬했다.

창문에서 맹화가 뿜어져 나왔다. 유리와 가구 파편도 동시에 튀어나왔다. 순간적으로 잡았던 시트로 동료의 몸을 덮었다. 창문에서 떨어져 있기도 해서 직접적인 피해는 면했다.

"한 발 더."

하지만 어디선가 섬뜩한 목소리가 들렸다.

머리 위에서 재차 수류탄이 떨어졌다.

자신들이 어디로 도망칠지 내다본 건가. 그레테는 두뇌를 최대한으로 굴렸지만 폭풍을 피할 방도는 떠오르지 않았다.

폭탄이 작렬하기 직전에 머리 위로 그림자가 지나갔다.

매였다.

버나드라는 이름을 가진 매가 갑자기 나타나 그 갈고리발톱으로 솜씨 좋게 수류탄을 낚아챘다. 공중으로 폭탄을 옮겨 주인인 사라와 멀리 떨어진 곳에서 놓았지만— 한발 늦었다.

수류탄은 매 바로 옆에서 폭발했다.

"——!"

사라가 말로 표현할 수 없는 비명을 질렀다.

피가 튀어 그레테의 얼굴에 묻었다.

찢어진 매의 깃털이 흩날렸다.

툭. 변해 버린 모습으로 매가 땅에 추락했다.

"버나드 씨……?"

사라가 멍하니 불렀다.

올리비아의 추격은 없었다. 이미 도주한 듯했다.

그녀가 이렇게 빨리 행동을 개시하는 것은 예상외였다.

"서—."

릴리가 말했다.

"선생님은 어디 있죠?! 지금 당장 불러야 해요!"

릴리의 마음은 아프도록 이해했다.

이러쿵저러쿵 논할 때가 아니었다. 그의 힘이 있었다면 이런 희생을 내지 않았을 터다.

"……안 계세요……."

하지만 상황은 너무나도 가혹했다.

"예……?"

"……지금 이곳에 보스는 오지 않아요……."

고해야만 했다. 이 임무의 진상을.

그가 애끓는 심정으로 맡긴 결단을—.

"……이 싸움은 저희끼리 이길 수밖에 없어요……."

지비아와 릴리, 그리고 사라의 표정이 얼어붙었다.

밝히지 않았던 비밀을, 설마 이런 타이밍에 고하게 될 줄은 생각도 못 했다.

—세계 최강은, 옆에 없다.

4장 애정과 암살

올리비아는 달리고 있었다.

초조함과 짜증이 뒤섞인 상태로 계속 발을 움직였다.

설마 그 애송이에게 정체를 간파당할 줄은 몰랐다.

유력 정치가와 친한 포지션을 포기하는 것은 아깝지만 이제 물러나야 할 때이리라. 1초라도 빨리 저택에서 멀어져야 했다. 그 세 사람은 어지간하면 폭사했을 터다. 하지만 절대 대치해서는 안 되는 적이 아직 살아 있었다.

'『화톳불』…….'

딱 한 번 모습을 나타냈던 아름다운 장발 남자.

딘 공화국에서 가장 경계해야 할 스파이.

자신의 정체를 꿰뚫어 본 사람은 아마 그 남자일 것이다.

그레테가 암살자를 연기하고 『화톳불』이 밖에서 반응을 관찰하는 역할이지 않았을까.

올리비아는 동방의 소국 출신이었다.

본명은 이제 기억나지 않았다. 촌구석의 창부로 살며 거기서 일생을 끝낼 거라고 생각했다. 평판은 좋았지만 다른 인생을 움켜쥘

만한 재력도 기력도 없었다. 언젠가 손님 중 누군가의 아내가 되어 잊히듯 무덤에 들어가리라. 기다리고 있는 것은 그런 운명이었다.

몸도 마음도 차갑게 식은 채 그저 몸을 팔았다.

정치가가 난잡하게 여색을 즐기려고 먼 시골까지 찾아온 날. 전환기가 왔다.

그날 가게에 있던 손님과 호스티스— 스물세 명 전원이 총에 맞았다.

마침 가게 안쪽에서 숙면 중이었던 올리비아는 그 참상을 늦게 눈치챘다. 무슨 소리가 난다는 것을 깨닫고 일어났을 때는 다 끝난 상태였다. 시골 마을의 유흥업소 빌딩에 10분도 안 되는 참극이 찾아와 있었다.

겹겹이 쌓인 주검 옆에 한 남자가 서 있었다.

볼살이 떨어져 나간, 마치 시체 같은 풍모의 남자였다.

『일어났구나. 소음기 달린 총을 썼다고는 하지만 굉장히 호방한 성격이네.』

그는 생김새와 달리 쾌활하게 웃었다.

『자, 이제 창문으로 뛰어내려.』

『뭐……?』

『너는 갑자기 정신 이상이 와서, 우연히 손님이 가져온 총으로 사람들을 쏴 죽였어. 그리고 투신자살. 그런 줄거리야. 내 암살은 누구에게도 알려지지 않아.』

그는 담담히 설명했다.

말도 안 되는 광경을 보고 있는데 어째선지 뇌는 냉정했다.
『암살……? 여기 있는 전원에게 살해당할 이유가 있었어……?』
『아니, 목적은 남자 한 명이야. 나머지는 덤.』
남자는 하얀 이를 보였다.
『정치가 한 명만 죽으면 스파이의 암살이라고 의심받아. 하지만 무관계한 사람이 스무 명이나 죽으면 평범한 사건으로 끝나잖아?』
은폐를 위해.
그걸 위해 아무 죄도 없는 인간을 살육했다고 남자는 말했다. 무시무시하게 빠른 솜씨로.
그는 총을 든 채 올리비아에게 걸어왔다.
올리비아는 뒷걸음질 쳤지만, 이내 방 끝으로 몰려 창문에 등이 닿았다. 활짝 열려 있었다. 이곳은 4층이었다. 몸을 던지면 목숨은 보장할 수 없었다.
『얼른 뛰어내려. 운이 좋으면 살아날지도 모르지.』
위압적인 낮은 목소리였다.
『거절한다면 널 쏴 죽이고 다른 녀석한테 시키면 돼.』
주위를 자세히 보니 아직 몇 명은 숨이 붙어 있는 것 같았다. 자신을 많이 챙겨 주던 선배와 친구, 자신을 거둬 준 점장, 언젠가 장래를 약속한 단골손님, 그들이 희미하게 호흡하는 모습을 확인하고 마지막으로 암살자와 눈이 마주쳤다.
마치 물건을 보는 듯한 냉혹한 눈.
그 눈빛을 받자 올리비아는— 몸이 뜨거워졌다.

전혀 달랐다.

이제껏 자신을 보던 시시한 시선과는 모든 것이 달랐다.

—다른 차원의 왕자님이다.

머리에서 생겨난 열이 등줄기를 지나 하반신으로 빠졌다. 심장이 크게 뛰며 차갑게 식은 피부를 끈적하게 데웠다.

『날 제자로 삼아 줘.』

입이 움직였다. 거의 아무것도 생각하지 않고 남자의 총으로 팔을 뻗었다.

지금 생각해 보면 단순한 변덕이었던 것 같지만, 남자는 올리비아에게 총을 쥐여 줬다.

망설임은 없었다. 올리비아는 총을 받아, 본 대로 발포했다. 간신히 숨만 붙어 있던 선배, 점장, 단골손님, 친구. 차례차례 끝장냈다. 통쾌했다. 처음 쏴 보는 총이었지만 탄환은 노린 곳으로 날아갔다. 재능이 있는 것이리라. 살면서 이토록 가슴이 설레는 건 처음이었다. 다시 태어난다는 게 이런 걸까.

마지막 한 명의 목숨을 끊고 올리비아는 암살자를 향해 웃었다.

『나를 여기서 데리고 나가 줘.』

그는 신기한 동물을 보는 것처럼 바라보다가 이내 유쾌하다는 듯 입가를 일그러뜨렸다.

그날부터 올리비아는 제국의 스파이가 되었다.

가르가드 제국의 암살자 『담수(潭水)』— 롤랜드와의 만남이었다.

올리비아와 롤랜드의 밀월이 시작됐다.

속이고 죽이는 기술을 배우고, 세계 각지를 돌아다니고, 고액의 보수를 얻었다. 롤랜드라는 이름을 쓰는 스승의 암살을 보조하고, 필요하다면 그녀도 총을 들어 두 사람의 손으로 몇십 명을 죽였다.

롤랜드는 임무를 달성할 때마다 올리비아를 안아 줬다. 그는 후에 공화국에서 『시체』라고 불리며 두려움의 대상이 되는 뛰어난 암살자였다. 그런 그의 품에 자신이 있음을 자각하면 심장이 떨리는 듯한 행복이 가득 차올랐다.

살육의 나날, 막대한 금액, 그리고 최고의 암살자에게 받는 지고한 총애.

그것들은 전부 촌구석에서는 결코 손에 들어오지 않는 것이었다.

『조심하는 편이 좋은 남자가 있어.』

이윽고 올리비아가 숙련된 기술을 익혔을 때, 롤랜드가 경고했다. 올리비아가 우베 아펠이라는 정치가 밑에서 일하며 마침내 신뢰를 얻어 기밀 정보를 제국에 빼돌리기 시작했을 무렵이기도 했다.

그는 딘 공화국 최강의 스파이에 관해 이야기했다.

『우리 쪽 스파이가 「화염」을 괴멸시켰다는 건 알려 줬지? 하지만 딱 한 명 놓쳤다나 봐. 생물 병기를 미끼로 그를 암살하려고 했지만 이것도 실패했어. 현시점에는 그 남자가 딘 공화국에서 가장 경계해야 할 남자야.』

롤랜드는 야윈 얼굴로 말을 자아냈다.

『「화톳불」, 「티끌의 왕」, 액스, 론, 「냉철」, 「쇠지레」— 이름은 여럿 있지만 기본적으로 클라우스라는 호칭을 쓴다는 모양이야. 다행히 사진은 있어.』

롤랜드는 사진 한 장을 보여 줬다.

몰래 찍었을 것이다. 한 청년이 편안한 모습으로 웃고 있었다. 마치 가족과 담소하는 순간을 잘라 낸 것처럼.

그와 상당히 친한 인간이 찍은 사진 같았다.

『궁금한 게 있어.』

올리비아는 그 사진을 눈에 새기며 물었다.

『뭔데?』

『분명 이 녀석의 스승이 배신했다고 했잖아? 못 죽여? 사진도 유출됐는데.』

『사진뿐만 아니라 어디 사는지도 판명됐어.』

『그럼—.』

『그렇게 생각하고 보낸 스파이는 전원 붙잡혔어. 아마 이 남자 짓이야.』

그렇구나. 그 주소가 바로 함정이란 건가.

정보가 유출된 것을 역으로 이용하여 트랩을 깔아 뒀을 것이다.

롤랜드는 깊이 고개를 끄덕였다.

『만약 이 남자와 만나면 바로 나한테 연락해.』

『그렇지. 당신이라면 이딴 소국의 스파이쯤—.』

『아니, 이 남자는 나와 호각이야.』

믿을 수 없었다.

올리비아는 롤랜드의 탁월한 실력을 알고 있었다. 그녀가 파악한 바로는 최고의 암살 기술을 가진 자였다. 그보다 우수한 스파이라니, 『뱀』 말고는— 아니, 올리비아는 상세 불명인 그따위 스파이팀보다도 롤랜드가 더 뛰어나다고 믿었다.

『운명을 느껴……. 드디어 나타났어. 얼마나 기다렸는지.』

롤랜드는 황홀한 표정으로 말했다.

『내 라이벌이 될 만해. 지금껏 경쟁할 녀석이 없어서 지루했어.』

『라이벌……? 당신만큼 대단한 실력자에게?』

『긴 인연이 될 거야. 그런 예감이 들어.』

그것은 초일류 스파이이기에 품는 직감일까.

확실히 운명적이었다.

『화톳불』이라는 단어가 상징했다.

롤랜드의 코드 네임 『담수』와 쌍을 이뤘다.

불과 물. 결코 섞이지 않는 두 존재.

롤랜드는 올리비아에게 살며시 팔을 뻗었다. 그녀는 그 팔이 이끄는 대로 그와 입을 맞췄다.

『그러니까 이 남자는 조심하길. 사랑스러운 그대여.』

그는 그렇게 귓가에 속삭이고 브로치 하나를 건넸다.

그래서 올리비아는 도망쳤다.

자신의 신원이 드러난 이상, 저택에 머물 이유는 없었다.

저택을 에워싼 숲에 뛰어들었다. 다행히 달이 나와 있었다. 조명이 없어도 훈련된 스파이라면 뛰어다닐 수 있는 광량이었다. 이대로 숲을 지나 산으로 빠져나가면 살아남을 수 있다.

아무튼 싸워서는 안 된다.

상대는 롤랜드와 어깨를 나란히 하는 실력자니까—.

◇◇◇

"……아무튼 싸워서는 안 된다. 상대는 시체와 어깨를 나란히 하는 실력자니까."

"……."

"—라고 지금쯤 올리비아 씨는 생각하고 있겠죠……."

그레테가 정숙한 목소리로 말했다.

지비아는 저택 옆에서 릴리와 함께 그레테의 해설을 듣고 있었다. 주위에는 화약의 잔향이 감돌았다. 정원 쪽에서 우베가 곤혹스러운 목소리를 내고 있지만 상대하고 있을 때가 아니었다. 들키면 설명하기 귀찮으므로 지비아 일행은 건물 뒤에 숨어 있었다.

"—그렇게 된 건가."

그레테의 설명을 듣고 지비아는 이해했다. 모든 것이 연결된 기분이 들었다.

생각해 보면 위화감이 없지는 않았었다.

"너 대단하다……."

"……감사합니다."

그레테가 가볍게 머리를 숙였다.

"어? 무슨 말이에요?"

이야기를 따라올 수 없는지 릴리는 당황했다.

"선생님이 없다니요? 저희는 이 저택에서 선생님을 몇 번 봤어요. 사라도 선생님과 만났고—."

"전부 그레테가 변장한 거야."

지비아는 그렇게 밝혔다.

이 동료는 메이드와 암살자뿐만 아니라 또 다른 역할도 연기한 것이다.

"이 저택 주변에서 우리가 본 선생님은 전부 그레테야."

"예……?"

릴리가 눈을 동그랗게 떴다.

변장을 한 번 간파한 릴리도 이것까지는 간파하지 못했나 보다. 굳어 버릴 만했다.

특히 믿을 수 없는 것이 첫 번째 습격이었다. 그레테는 암살자를 연기하고, 함정으로 지비아와 릴리를 붙잡은 뒤, 천연덕스럽게 클라우스로 변장하여 구조한 것이다. 물 흐르는 듯한 신기였다.

"전혀 눈치채지 못했어. 꽤 가까이에서 봤을 텐데."

그레테는 가슴에 손을 얹었다.

"……저는 보스의 호흡, 눈 깜박임, 머리카락 한 올까지 빠짐없이 암기하고 있으니까요."

"너 진짜 대단하다!"

"……남장은 특기라서."

"저한테 앙심을 품고 있는 거죠?!"

그레테가 처연한 얼굴로 말하자 바로 릴리가 태클을 걸었다.

깊은 골이 있어 보이는 문제였지만—.

"……어쨌든 보스는 멀리 떨어진 곳에 있을 겁니다."

그레테는 정리하듯 말했다.

클라우스의 부재— 그 이유도 지비아는 상상이 갔다.

"암살자를 죽이러 간 거지?"

지비아는 시선을 보냈다.

"이 저택에 숨어 있던 건 시체가 아니야. 시체의 협력자— 올리비아야."

올리비아와 시체가 다른 사람이라는 것은 명백했다.

보고서 내용과 생김새가 너무 달랐다. 그녀는 시체의 협력자라고 봐야 했다.

그렇다면 클라우스가 갈 곳은 짐작이 됐다.

"올리비아 포박을 우리한테 맡기고 선생님은 시체와 싸우고 있어. 맞지?"

그레테는 「네」 하고 고개를 끄덕였다.

릴리는 시종 얼떨떨한 얼굴이었다.

"어? 그럼 선생님은 결국 혼자서 시체와 싸우러 간 건가요? 네 명을 선발한다는 건 거짓말이고, 또 동료를 의지하지 않고서—."

"거짓말 아니야. 네 명 선발했잖아."

지비아는 고개를 가로저었다.

그는 틀림없이 우수한 네 명을 선발했다.

"그 녀석은 네 사람을 데리고 시체를 죽이러 갔어. —우리 말고 다른 네 사람."

이곳에 없는 『등불』의 남은 네 사람— 티아, 모니카, 아네트, 에르나.

아지랑이 팰리스에 남은 네 사람이 바로 진짜로 뽑힌 네 명이라고 봐야 했다.

릴리도 진실을 헤아린 모양이었다. 멍하니 입을 벌리고 굳어 있었다.

그 표정에 호응하듯 지비아가 중얼거렸다.

"요컨대 우리는 멤버에서 제외된 거야."

저도 모르게 쓸쓸한 음성이 되었다.

임무의 메인은 오히려 저쪽이었다.

지금쯤 클라우스는 네 소녀와 함께 시체와 격전을 벌이고 있을 것이다.

왜 미숙한 자신들이 선발됐는지. 그 수수께끼에 이만큼 심플한 해답도 없을 것이다. 자신들은 미숙해서 뽑히지 않았다. 그뿐이었다.

"—극상이야."

그런 결론에 도달했을 때, 낮게 울리는 목소리가 들렸다.

고개를 돌리자 그레테가 클라우스의 목소리를 내고 있었다.

"—나다. 사전에 그레테에게 말을 전해 달라고 부탁했다. 속이는 형태가 돼서 미안하다. 너희를 지키려면, 내가 바로 근처에 있다고 저택에 숨어 있는 스파이가 오인하게 만드는 것이 최선이었어. 적에 대한 견제가 됐을 거다."

꼭 녹음기 같았다. 클라우스의 음성이 그의 어조로 그레테의 입에서 나왔다.

"—너희를 임무에 데려가지 않은 것을 미안하게 생각한다. 그러니 최소한 그 이유를 밝혀 두겠다."

지비아와 릴리는 마른침을 삼키고 기다렸다.

완벽하게 납득하려면 이유를 들어야 했다.

"—먼저 지비아는 오른팔을 다쳤지. 시체와의 싸움에 데려가기에는 불안해. 멀쩡하다면 선출하고 싶었어. 몹시 아까워."

"……."

"—사라는 다루는 동물은 매우 우수하지만 본인의 정신이 불안해. 그 빼어난 재능이 언젠가 각성하리라고 믿지만, 지금은 아직 시기상조야."

"……."

"—릴리는 말할 것도 없이 실수가 잦아. 또한 컨디션에 따라 실력도 큰 폭으로 오락가락해. 그 폭발력과 타고난 정신력은 당목할 만하지만, 시체를 상대하기에는 적합하지 않다고 판단했다."

"……윽."

클라우스의 지적은 정곡을 찔렀다.

아무런 대꾸도 할 수 없었다. 지비아는 입술을 깨물고 가만히 견뎠다.

자신은 특별히 두뇌가 뛰어나지 않다. 명확히 말하지는 않았지만, 부상당한 자신에게는 가치가 별로 없다고 판단했을 것이다.

옆에서 입술을 깨물고 있는 릴리도 드물게 진지한 표정이었다. 그녀도 말로 표현할 수 없는 분함을 느끼고 있을 터다.

—자신들은 클라우스에게 선택받지 못했다.

눈앞에 드러난 사실에 가슴이 미어졌다.

지비아는 갈 곳 없는 감정을 토하고 싶다는 충동을 느꼈지만—.

"—하지만 물론 나쁜 측면만 보고 정한 것은 아니다."

그레테의 목소리가 크게 울렸다.

퍼뜩 놀라 얼굴을 들었다.

지금부터 할 말이 진짜로 전하고 싶은 내용이라는 것처럼 그레테가 음량을 높였다.

"—너희 네 사람은 동료와 협력하는 능력이 매우 높아. 타인과 연계하여 비로소 진가를 발휘하지. 너희의 적은 시체의 기량을 물려받은 제자일 거다. 강적이다. 내가 없는 상황에서 맞설 수 있는 네 사람을 선출한다면 너희밖에 없다고 판단했다."

마지막으로 그레테는 클라우스의 어조로 단언했다.

"—내 힘을 의지하지 말고 암살자의 제자를 쓰러뜨려라. 너희라면 할 수 있다."

그레테가 원래 어조로 돌아와 「……이것으로 전언은 끝입니다」 하고 말했다.

지비아의 입에서 숨이 새어 나왔다.

한숨은 아니었다. 작은 웃음이었다.

그의 전언에서는 클라우스 나름의 성의가 느껴졌다. 코멘트에 『그냥』이란 말이 전혀 쓰이지 않았다. 못하는 분야면서 필사적으로 언어화한 건가.

'그렇지…… 당신은 그런 남자지.'

미숙함도 컨디션 난조도 냉정하게 꿰뚫어 보고서 이끌어 준다.

'그래서 나는 당신의 팀에 남기로 한 거야……!'

몸에서 오싹오싹하게 열이 솟구쳤다.

하! 웃고 지비아는 입술을 핥았다.

"딱 좋은 기회잖아. 애초에 이번 일의 시작은 그 녀석한테 다 맡기고 있는 현재 상황에 대한 불만이었어. 그 녀석이 없어도 적 하나쯤은 쓰러뜨려야지."

"맞아요. 천재 릴리를 안 데려간 걸 후회하게 해 주겠어요!"

릴리도 까불거리는 발언으로 말을 이었다.

그레테가 이상하다는 듯 눈썹을 올렸다.

"……당연히 우울해할 줄 알았는데요."

릴리와 눈빛을 교환해 대사를 맞췄다.

""—오히려 불타올라.""

시체 적발 멤버로 뽑히지 못했다. 하지만 어떤 의미에서 더할 나위 없는 신뢰 아닌가.

상황 확인이 끝났다. 남은 것은 행동으로 옮기는 일뿐이다.

—올리비아를 놓칠 수는 없다.

"나랑 릴리가 쫓을게. 그레테, 작전을 부탁해."

지비아는 시선을 옮겼다.

"……그리고 사라는 치료를 계속해 줘."

조금 떨어진 곳에 웅크려 앉은 소녀에게 지시를 내렸다.

"……."

사라에게서는 대답이 없었다.

그녀는 다친 동물을 열심히 치료하고 있었다.

매 버나드는 직격은 아니었으나 폭풍을 맞고 말았다. 날개가 엉뚱한 방향으로 꺾이고 파편이 배에 박혀 있었다. 살아날 수 있을지 지비아는 짐작도 가지 않았다.

—지금은 말을 걸지 않는 편이 좋은가.

떠나려고 했을 때, 사라가 일어섰다. 지비아에게 달려와 뭔가를 떠맡겼다.

"저, 저기! 이 아이는 조니 씨임다. 냄새를 쫓을 수 있슴다!"

소형견이었다. 아름다운 까만 털을 가진 품종이었다.

사라는 눈물을 글썽거리며 떠듬떠듬 호소했다.

“저, 저는 선생님이 말한 대로, 선배들처럼 용감하지 않고! 지금은 어쨌든 버나드 씨 곁을 떠나고 싶지 않아서, 한심하지만, 이런 것밖에 못 해서—.”

“충분해. 네가 없었다면 우리는 다 죽었어.”

지비아는 사라의 머리를 쓰다듬었다. 원수는 갚아 주겠노라고 약속하며.

손길 아래에서 사라는 눈물을 벅벅 닦고 바로 매 곁으로 돌아갔다.

“마지막으로 질문 하나. 그레테랑 올리비아는 사이가 안 좋아?”

지비아가 그렇게 묻자 릴리도 「아, 저도 궁금했어요」 하고 맞장구쳤다.

그레테와 올리비아 사이에는 뭔가 불화가 있는 것 같았다.

그레테는 어깨를 으쓱였다.

“……보스를 가져도 되냐고 그분이 제게 물어봤거든요.”

지비아와 릴리는 동시에 웃었다.

“그건 질 수 없네.”

“분수를 알아야죠.”

올리비아의 말은 역시 농담이리라.

하지만 농담이라 더더욱 그레테를 격노하게 했을 것이다.

클라우스의 신뢰도, 사라의 버나드도, 그레테의 애정 문제도, 국가니 임무니 하는 것 이상으로 그녀들을 발분시켰다.

지비아와 릴리는 메이드복을 벗어 던졌다. 그와 동시에 몰래 가지고 있던 임무복으로 빠르게 갈아입었다. 이제 정체를 숨길 필요는 없었다. 메이드복보다도 몸에 익숙했다.

"선생님이 없어도 우리는 최강이라는 걸 증명하기로 할까요."

"동료를 상처 입힌 값은 톡톡히 받아 내자고."

두 스파이는 동시에 씩 웃고서 숲속으로 달려갔다.

◇◇◇

올리비아는 숲의 중간쯤에서 한숨 돌렸다.

우베의 저택에서 1km 이상 벗어났을 것이다. 만약 『화톳불』이 소녀의 시신을 발견하더라도 자신이 있는 곳까지 오지 못할 터였다.

멈춰 서서 자신의 장비를 확인했다.

장비는 담배와 라이터, 단검 두 개와 자동 권총이 다였다. 총알은 여덟 개뿐. 불안하기는 하지만, 급하게 뛰쳐나온 것치고는 충분한 장비였다. 천천히 숲을 빠져나가 위기를 넘긴 뒤에 마을에서 여행객을 덮쳐 금전과 여권을 빼앗고 제국으로 돌아가자.

눈에 띄고 싶지는 않았으나 한 대 피우고 싶다는 욕구가 웃돌았다.

하지만 담배를 물고 불을 붙였을 때, 귀가 어떤 소리를 포착했다.

부스럭부스럭 낙엽을 헤치는 소리가 들렸다.

멧돼지일까, 사슴일까. 왼손에 단검을, 오른손에 권총을 들고 몸을 긴장시켰다.

발소리는 복수, 한쪽은 작은 동물인 것 같았다. 뒤따르는 건, 이족 보행?

"설마—."

『화톳불』이 왔나.

최악의 가능성에 생각이 미쳤지만 모습을 나타낸 것은 예상외의 존재였다.

"—여어."

백발 소녀— 지비아였다.

움직이기 편해 보이는 복장으로 나무 뒤편에서 튀어나왔다. 그리고 즉각 권총을 발포했다.

지비아의 탄환은 올리비아가 순간적으로 몸을 숨긴 나무줄기에 명중했다.

"도망치지 마, 올리비아 씨."

지비아의 발밑에는 작은 검정개가 있었다.

냄새를 쫓아왔나. 방심했다. 설마 동물을 데리고 있을 줄은 몰랐다.

아니, 그보다도—.

"살아 있었어……? 그 수류탄을 어떻게—."

"우수한 동료가 있거든. 사망 확인도 안 하다니 경솔했어."

"그러게……."

"아니면— 누군가에게 겁먹고 1초라도 빨리 도망치고 싶었나?"

"……."

정곡을 찔렸다.

이쪽의 의도 정도는 꿰뚫어 보고 있다는 건가.
“우리 보스가 나설 필요도 없어. ―당신은, 내가 상대하겠어.”
“날 우습게 봤나 보네.”
두 사람이 대화하고 있는 곳은 상록수가 우거진 숲이었다.
거리는 20m 정도. 사이에는 여러 소나무가 서 있어서 좋은 장애물이 되었다. 총격전을 벌이면 좋겠지만, 이런 소녀 상대로 귀중한 총알을 쓰고 싶지 않았다.
올리비아는 단검을 단단히 잡았다.
“확실히 너희 보스를 경계하고 있지만, 그건 롤랜드가 인정하는 사람이기 때문이야.”
“롤랜드?”
“너희가 『시체』라고 부르는 남자의 이름. 다시는 그런 이름을 꺼내지 마.”
아까 훔쳐 들었을 때 불쾌했다.
그를 그따위 이름으로 부르는 걸 용서할 수 없었다.
“이름을 가르쳐 줘도 되는 거야?”
나무 뒤에서 지비아의 웃음소리가 들렸다.
“그래, 문제없어. 지금부터 죽일 거니까.”
올리비아는 자세를 낮췄다.
“롤랜드는 건방진 애송이까지 경계하라고 명령하지 않았어.”
말 많은 백발 계집도, 덜렁이 은발 계집도, 음침한 적발 계집도, 사실은 구역질이 날 만큼 혐오했다. 어쩌면 이런 기회가 오기를 기다리고 있었을지도 모른다.

"—죽어."

그 말과 함께 올리비아는 나무 뒤에서 뛰쳐나왔다. 지비아가 숨은 곳을 향해 총을 쐈다.

지비아는 곧장 반격했다. 그 총성을 듣고 그녀가 있는 위치를 정확하게 파악했다.

단숨에 거리를 좁혔다.

도중에 지비아는 또 두세 번 연이어 발포했지만, 나무 사이를 누비듯 달렸기에 총알은 차폐물에 막혔다. 나무 표피만이 올리비아의 뺨을 스쳤다.

사용한 총알은 위협사격으로 쏜 한 발. 애송이를 죽이는 데 이 이상은 불필요했다.

"롤랜드는 최강의 암살자야."

올리비아는 미소 지었다.

"그 제자인 나는 그의 기술을 습득했어."

총을 레그 홀스터에 넣어 한쪽 손을 비웠다.

지비아의 눈앞에 육박했다. 지비아가 끝까지 총구를 겨눴지만 이미 총을 쏠 거리가 아니었다. 총에 쉽게 의존하는 아마추어의 거동이었다.

올리비아는 단검으로 지비아의 총을 쳐서 날렸다.

그리고 바로 자유로운 오른손으로 주먹을 쥐고 뺨을 후려쳤다. 가벼운 지비아의 몸은 쉽게 쓰러져 산비탈을 굴러갔다.

꽤 강하게 타격한 느낌을 받았다.

—역시 적수가 아니다.

결국은 애송이였다. 스파이 간의 격투는 미숙할 것이다.

시간이 없다. 단검으로 냉큼 끝장내자.

지비아는 머리를 땅에 부딪쳤는지 앓는 소리를 냈다. 아직 일어나지 못했다. 뺨을 누르며 「젠장! 실력을 잘못 가늠했어」라고 신음했다.

올리비아는 땅을 박찼다.

지비아의 희고 가느다란 목을 향해 단검을 휘둘렀다. 몇 초 후 소녀가 절명하는 명확한 이미지까지 환각으로 보았다.

그때 늠름한 목소리가 들렸다.

"예상보다 훨씬 느려 터졌어, 올리비아 씨."

지비아가 사라졌다.

단검은 허공을 갈랐다.

'어……?'

사고가 정지했다. 필살의 일격이 빗나갔다는 충격 때문은 아니었다.

섬뜩한 감각이 들었다.

마치 지비아의 몸이 사라진 듯한—.

상황을 이해하지 못하고 있으니 몸이 공중으로 떠올랐다. 누군가가 발을 걸었다.

낙법을 취하려고 손을 뻗었지만 도중에 팔을 붙잡혀서 실패했다. 적에게 팔을 붙잡힌 자세 그대로 꼴사납게 엉덩방아를 찧었다.

"빈틈투성이야."

냉담한 목소리가 머리 위에서 들렸다.

위험하다.

그렇게 생각했을 때, 팔이 해방되었다. 직후, 왼쪽 어깨로 단검이 육박하는 기척이 났다. 아슬아슬하게 몸을 틀어 피했지만 등을 베였다. 뜨거웠다. 출혈의 아픔이 있었다. 중상은 아니지만 그런대로 큰 대미지였다.

황급히 지비아와 거리를 벌렸다.

상대는 바로 쫓아오지 않고 여유로운 표정을 짓고 있었다.

"최근 그 녀석의 진짜 실력을 봐서 그런가. 느리게 느껴져."

"……윽."

일순 입술을 깨물었지만 바로 힘을 풀었다.

'이런 상대에게 동요하면 어쩌자는 거야. 어떤 식으로든 대처할 수 있어.'

생각지 못한 속도에 놀라기는 했지만 이 정도로 냉정함을 잃지 않는다.

거리를 벌리면 이쪽이 유리하다.

'일부러 총을 버리고 기습한 모양이지만…… 실수한 거야.'

똑같은 수법은 안 통한다.

무엇보다—.

'다시 거리를 벌리면 총을 잃은 너는 이길 수 없어.'

총알을 절약하고 싶었지만 어쩔 수 없다.

올리비아는 백 스텝으로 지비아와 거리를 벌렸다.

단검이 아니라 총의 공격 범위로 도망쳤다. 하지만 그건 경솔한 짓이었다.

올리비아는 레그 홀스터에 넣은 총을 쥐려고 했으나 그 손은 허공만 휘저었다.

"어……?"

"미안, 당신 허벅지에 있던 총이라면—."

앞쪽에서 지비아가 히죽 웃었다.

"—이미 훔쳤어."

그녀의 왼손에 올리비아의 자동 권총이 있었다.

그것을 지비아는 조금도 망설이지 않고 발포했다.

◇◇◇

릴리는 숲속을 홀로 달리고 있었다. 총성이 난 쪽으로 발을 움직였다.

"그렇게나 둘이서 의욕을 불태워 놓고 설마 두고 갈 줄이야……."

동시에 출발했을 텐데 순식간에 거리가 벌어졌다. 신체 능력이 너무 달랐다.

그대로 지비아는 혼자 올리비아와 싸우기 시작한 듯했다.

어지간히 기합이 들어간 모양이다.

'격투 면만 보면 지비아는 무시무시하니까요…….'

발군의 신체 능력. 그리고 뭐든 훔치는 나쁜 손버릇.

격투술은 소녀들 중에서 가장 뛰어났다. 일대일로 상황을 몰면 독무대다.

『등불』의 전투 담당.

클라우스나 기드처럼 규격을 크게 벗어난 상대가 아니라면 호각 이상으로 싸울 수 있을 터다.

"힘으로 하는 일은 진짜 빛난다니까요, 그 백발 오랑우탄."

본인이 듣는다면 때릴 법한 말을 하고서.

과연 자신이 똑같은 일을 할 수 있을까 생각하고.

"……제 오른팔로 인정해 주기로 할까요."

그렇게 인정했다.

—닥쳐.

그런 태클이 머릿속에서 들린 것 같았지만 무시했다.

◇◇◇

총알이 올리비아의 오른뺨을 스쳤다.

자랑거리인 얼굴을 다쳐서 분노로 몸이 뜨거워졌다. 하지만 냉정해져야 했다. 지금 자신은 생사의 갈림길에 서 있으니까.

지비아와의 거리는 단검으로 맞서기에는 너무 멀었고 총알을 피하기에는 너무 가까웠다.

—최악의 거리다.

올리비아는 지비아에게 등을 돌리고 거목 방향으로 힘껏 달렸다. 조준하지 못하도록 원을 그리듯 달리며 조금이라도 총알에서 벗어나려고 했다. 그녀의 발치와 귓가에서 흙과 나뭇가지가 튀었다.

지비아는 모처럼 올리비아가 온존한 총알을 아낌없이 써 댔다.

여기서 결판을 낼 생각이리라. 자신이라면 그렇게 한다.

올리비아는 롤랜드에게 배운 모든 기술을 도주에 썼다.

"……쯧."

혀를 차는 소리가 뒤에서 들려왔다.

지비아가 마지막 한 발을 쐈을 때, 올리비아는 거목 뒤에 몸을 숨길 수 있었다.

결국 맞은 것은 맨 처음에 뺨을 스친 한 발뿐이었다.

'사격 실력이 형편없나……? 저 정도 신체 능력을 가지고 있으면서?'

구사일생하여 안도함과 동시에 의문이 생겼다.

만약 지비아와 자신의 처지가 반대였다면 확실하게 상대를 죽일 수 있었다.

하지만 굳이 도망치게 둘 이유는 없었다.

'뭔가 이상해…….'

뭔가가 마음에 걸렸다.

'그러고 보니 저 녀석은 왜 아까 내 팔을 놨지……?'

지비아가 기습해 왔을 때. 팔을 붙잡혀 궁지에 몰렸었다. 하지만 지비아는 단검을 휘두르는 순간, 어째선지 올리비아의 팔을 놨다.

『자신이 늘 완벽한 상태이지는 않은 것처럼, 적도 늘 완벽한 상태이지는 않아.』

롤랜드의 가르침이 떠올랐다.

『적이 어느 쪽 손을 쓰는지 기억해 둬.』

아까부터 지비아가 사용하는 것은— 왼팔뿐이다.

올리비아의 입에서 웃음이 새어 나왔다.

그녀는 거목 뒤에서 나왔다.

이제 지비아에게 총알은 남아 있지 않을 터다. 무서워할 것은 전혀 없었다.

설령 총알이 있었더라도 올리비아를 맞힐 만한 기량은 없었겠지만—.

"메이드로 일할 때는 잘 감췄네."

얼굴을 찌푸리는 지비아를 향해 웃었다.

"너 오른손잡이지? 다쳤어?"

"윽."

그 반응을 보고 올리비아는 확신을 얻었다.

—지금 저 아이는 제대로 싸우지 못한다.

이제 방심은 하지 않는다. 총알을 신경 쓸 필요는 없다.

그녀는 그저 담담히 사냥감을 궁지로 몰면 된다.

지비아는 분한 얼굴로 권총을 버리고 왼손에 단검을 들었다. 하지만 덤벼들려고 하지는 않았다. 몸을 대각선으로 틀고 후퇴할 뿐이었다.

올리비아는 그것을 쫓아가 단검을 맞부딪쳤다.

그 직후에 허리를 노리고 미들 킥을 날렸다. 오른팔로 막을 수 있는 큼직한 공격이었지만 지비아는 비명을 질렀다.

“나보고 느려 터졌다고 하지 않았니?”

“윽.”

“허세였으면서!”

이어서 올리비아는 지비아의 얼굴을 꿰뚫으려는 듯 단검으로 찔렀다.

순간적으로 막으려고 든 지비아의 단검을 쳐서 날려 버리는 데 성공했다.

“어머, 아쉽게 됐네. 아직 무기는 남아 있니?”

“걱정하지 않아도 돼.”

지비아는 후방으로 물러나 웃었다.

“—이미 훔쳤어.”

그녀가 주머니에 손을 넣자 올리비아의 예비 단검이 나왔다.

또 순식간에 훔친 모양이다.

“좀도둑 새끼…….”

이로써 올리비아가 가진 무기는 지금 손에 든 단검 하나뿐이다.

하지만 겁낼 필요 없었다.

형세는 역전했다. 이제 격투로 질 요소가 없었다.

오른팔의 움직임은 전부 블러핑. 그것만 알면 별것 아니었다.

“흉기를 훔쳐 봤자 똑같아. 나한테는 못 이겨.”

“……이쯤에서 물러나야겠네.”

지비아는 침을 뱉고 후방으로 달려갔다. 도주를 꾀할 생각이리라.

망설임은 1초— 올리비아는 추적을 선택했다.

지비아를 다시 평가했다. 그녀는 언젠가 제국에 위협이 될지도 모른다. 만에 하나라도 연인의 장애물이 된다면 없애야 했다.

그리고—.

“그쪽은 절벽이야.”

“아…….”

지비아가 도망친 방향에는 낭떠러지가 있었다.

소나무 숲이 사라진 순간, 단숨에 시야가 트였다. 여기까지 몰았으니 자신보다 수준 낮은 상대를 죽이는 것은 간단하다.

“몰랐나 봐?”

올리비아는 비웃었다.

“『임무 현장의 지형을 치밀하게 파악할 것』— 나는 그렇게 배웠어.”

“나는 『임무 현장은 갓난아이를 아끼듯 사랑할 것』이라고 배웠어.”

“그게 뭐야.”

“내가 묻고 싶어.”

지비아는 절벽 아래를 내려다보고 한숨을 쉬었다.

도구를 이용하면 못 내려갈 높이는 아니었지만 그건 준비하지 않은 듯했다.

“—사랑받지 못하고 있구나.”

올리비아는 웃었다.

"뭐?"

"그 정박아 계집애랑 얘기했을 때도 생각했었어."

"……일단 확인하겠는데, 그레테를 말하는 거야?"

"너희는 사랑을 못 받고 있다고 말이야."

올리비아는 자신의 가슴에 손을 얹었다.

"롤랜드는 그의 모든 기술을 가르쳐 줬어. 『화톳불』은 뭘 가르쳐 줬지?"

"……구체적인 예시는 안 떠오르네."

"그럼 안아 줬니?"

"윽! 이상한 상상 하게 만들지 마!"

"롤랜드는 몇 번이나 안아 줬어. 애정을 쏟고, 기술을 쏟고, 내가 원하는 걸 전부 줬어. 모르면 몇 번이나 가르쳐 주고, 이끌고, 지도해 줬어."

그건 소녀들은 결코 얻을 수 없는 교육이리라.

올리비아는 몸을 기울였다.

"—사랑받고 있기에 살기를 읽는 방법도 배웠어."

다음 순간, 총성이 울리며 올리비아 옆으로 총알이 스쳤다.숲의 그늘에서 총을 든 릴리가 얼굴을 내밀었다.

"이래서 천재를 싫어하는 거예요."

그녀도 살아 있었던 모양이다.

그렇다면 그레테도 살아 있다고 봐야 할 것이다.

"설마 너도 공작원이었을 줄이야."

"안녕하세요, 메이드는 일시적인 모습이었던 릴리랍니다."

릴리는 오른손에 총을 들고 왼손에 뭔가를 쥐고 있었다.

어둠 속에서 그것이 달빛을 반사했다.

10cm 길이의 바늘— 끝이 젖어 있었다. 아마도 독.

"자, 여기서부터는 진짜로 진심. 최강의 콤비네이션을 보여 드리죠."

릴리가 즐겁게 웃었고 지비아도 단검을 들었다.

평소에도 그녀들은 사이가 좋아 보였다. 연계는 잘 될 것이다.

하지만 문제없었다.

자신에게는 롤랜드의 가르침이 있었다.

『2 대 1이라면 둘 사이에 위치하도록 자리를 잡아.』

올리비아는 지비아와 릴리를 잇는 직선상에 섰다.

릴리의 표정이 험악해졌다.

이것만으로도 릴리는 총을 쓰지 못한다. 총알이 빗나가면 동료를 맞힐 수도 있다.

이제 격투술로 압도해 버리면 된다.

협공의 정석대로 그녀들은 동시에 달려들 터다.

「갑니다!」 하고 릴리가 외치자 「그래!」 하고 지비아가 대답했다.

환상적인 호흡이었다.

지비아가 먼저 움직이기 시작했다. 유일하게 마음껏 다룰 수 있는 왼손으로 단검을 움켜쥐고 달려들었다. 속도가 성가시긴 했지만, 오른팔을 못 쓴다는 것을 알면 대처도 가능했다.

그녀의 정면에 서서 그 공격을 막았다.

하지만 예상보다 더 격렬한 일격이었다. 힘을 쥐어짰나. 단검이 튕겨 날아갔다.

"빈틈 발견이에요!"

릴리가 뒤에서 굳이 빈틈을 가르쳐 주며 달려왔다.

지비아만큼의 예리함은 없었다. 올리비아는 그저 몸을 틀기만 하면 됐다.

"어라?"

"어?"

유도된 현실을 소녀는 이해하지 못한 듯했다.

릴리의 바늘은 깊이 박혔다. —지비아의 허벅지에.

곧바로 지비아의 안색이 나빠졌다.

"……바보, 멍청이……."

굉장히 강력한 독인 모양이었다.

지비아의 온몸에서 땀이 샘솟았다. 몸이 경련했다. 눈의 초점이 나가며 다리가 후들거리기 시작했다.

"팀킬이네."

올리비아는 웃었다.

"살면서 가장 형편없는 콤비네이션을 봤어."

이쯤 되니 불쌍했다.

올리비아는 여유롭게 릴리의 턱을 걷어찼다.

릴리의 손에서 바늘이 후드득 떨어졌다.

올리비아는 그 바늘을 들고 끝부분을 살짝 만져 봤다.

접촉한 피부가 바로 짓무르기 시작했다.

“굉장한 독이네, 이거.”

이런 맹독에 당하면 역시 잠시도 버티지 못할 것이다.

“공교롭게도 흉기를 도둑맞아서 말이야. 편해서 좋네.”

“도, 돌려주세—.”

“돌려줄게.”

올리비아는 릴리의 팔에 독침을 꽂았다.

릴리도 조금 전의 지비아처럼 얼굴이 새하얘졌다. 거친 호흡을 내뱉으며 힘없는 발걸음으로 움직이기 시작했다.

“무, 물을…….”

헛소리처럼 중얼거렸다.

“도망쳐도 그쪽은 절벽이야.”

상대할 필요도 없었다.

릴리는 똑같이 의식이 몽롱한 지비아에게 기댔다.

그대로 두 사람은 절벽 밑으로 떨어졌다.

혹시 몰라서 아래를 들여다봤지만 어둠이 너무 깊어서 시신은 확인할 수 없었다.

그러나 이번에는 확인할 필요도 없을 것이다.

그 강력한 독에 중독된 채 수십 미터 높이의 절벽에서 떨어졌다.

생존할 가망이 없다.

틀림없이 절명했다.

승부가 났다. 올리비아의 완승이었다.

'하지만 이상해…….'

두 소녀를 처리하자 다른 것이 신경 쓰였다.

'어째서 『화톳불』이 아니라 쟤네가 목숨 걸고 덤볐지……? 실력 차이는 명백했을 터……. 무참하게 살해당할 뿐이잖아.'

그 남자는 근처에 숨어 있다고 추측했지만—.

'처음 『화톳불』을 본 날…… 그 자리에 없었던 인물……. 변장이 특기였던…… 남장을 잘 소화할 듯한 체격…….'

결론이 도출되기까지 그리 시간은 걸리지 않았다.

"—『화톳불』은 여기 없어."

그렇다면 두려워할 것은 이제 아무것도 없었다.

'그랬구나……. 제국의 스파이가 경계하도록 만들기 위해서였나…….'

속임수를 알고 나니 웃음이 나왔다.

꽁지 빠지게 도망치려고 한 자신이 부끄러웠다. 큰일 날 뻔했다.

"죽여 줄게, 정박아 년."

릴리도 지비아도 죽었다. 이제 그레테를 죽여 버리면 된다.

그러면 자신의 비밀을 아는 자는 사라진다—.

그 빨간 머리 계집과 결판을 내자.

◇◇◇

절벽 아래에 두 소녀가 누워 있었다.

백발 소녀는 한심하게 혀를 빼물고 눈을 까뒤집은 채 쓰러져 있었다. 때때로 온몸을 경련하며 살아 있다는 반응을 보였지만 점차 그 간격도 벌어졌다.

다른 한 명인 은발 소녀는 꿈쩍도 하지 않았다. 잠든 것처럼 눈을 감고 누워 있었다. 팔에 꽂힌 독침은 여전히 깊이 박혀 있었지만—.

"—영차."

은발 소녀, 릴리는 몸을 일으켰다.

아무도 안 보고 있음을 확인하고서 옆에 누운 상대에게 조치를 취했다. 해독제를 꺼내 주사하고 억지로 물을 마시게 했다. 거침없이 얼굴을 찰싹찰싹 때리니.

"야."

백발 소녀, 지비아가 눈을 떴다.

"아아아! 죽는 줄—."

그렇게 외친 직후, 지비아는 다시 엎어져 토했다. 무릎이 경련해서 일어설 수 없을 듯했다.

"실제로 거의 빈사 상태가 되는 독이에요. 무리하지 마세요."

"우웩……."

지비아는 위 속 내용물을 게워 냈다.

"너는……?"

"저는 사전에 해독제를 마셨고, 내성이 있어서요."

예~이, 릴리는 피스 사인을 만들었다.

"뭐…… 역시 이 자리에서 움직이는 건 무리지만요."

릴리는 독에 내성이 있다.

절벽 밑으로 떨어진 지비아를 안고 낙법을 취한 사람은 릴리였다. 도중에 와이어를 바위에 걸어서 낙하의 충격을 없앴다.

"땡큐. 그대로 싸웠으면 틀림없어 죽었어."

지비아는 건네받은 물을 단숨에 마셨다.

"동료에게 찌르는 용도의 독이라니, 잘도 준비했네."

"요전번에 잘못해서 선생님한테 독침을 찔렀을 때 번뜩 떠올랐어요."

"착상이 너무하네!"

거기서 지비아는 절벽 위를 노려보았다.

"잘 속여 넘겼나. 욕심을 부리자면 조금 더 대미지를 입히고 싶었지만……."

"네, 계획대로예요. 올리비아 씨는 저택으로 돌아갔어요."

릴리와 지비아는 완벽하게 일을 수행했다.

—올리비아와 싸우고 그녀 앞에서 죽는 것.

지비아가 무기를 전부 훔치고, 릴리의 독침을 사용하게 했다. 독침을 맞고 절벽에서 떨어진 소녀를 보고 이번에야말로 확실하게 죽었다고 생각했을 것이 틀림없다.

그리고 클라우스가 이곳에 없음을 깨달았을 것이다.

"의외로 못 알아채네요. 아무리 저라도 습격하면서 『빈틈 발견!』이라고 외치지는 않아요."

"가끔 외치거든."

"평소에 덜렁이를 연기했던 포석이 빛을 발한 걸까요."

"본연의 모습이겠지."

세세하게 태클을 걸고서 지비아는 상체를 일으켰다.

지비아와 릴리는 역할을 다했다. 뒷일은 그레테에게 맡긴다.

이제 와서 버둥거려 봤자 그녀들은 움직일 수 없다. 동료가 성공하길 기도할 뿐이다.

"……야, 그레테는 진짜 괜찮을까?"

지비아는 옆에 앉은 릴리를 보았다.

"그 녀석, 격투는 특기 분야가 아니잖아. 어떻게 올리비아를 이기려는 거야?"

그레테는 두뇌파 인간이다. 운동 신경이 뛰어나지는 않았다. 『등불』 안에서도 격투술 순위는 아래쪽에서 세는 편이 빠를 것이다.

제대로 붙어서 올리비아를 이길 수 있을 리가 없다. 살해당할 뿐이다.

"으음~ 걱정하지 않아도 될 거예요."

하지만 릴리의 대답은 해맑았다.

「너 말이다……」 하고 지비아는 어이없어했다.

"또 태평하게—."

"왜냐하면 각오가 다른걸요."

릴리가 중얼거렸다.

"입안도, 지휘도, 지도도, 마음가짐도, 그리고 타깃을 끝장내는 마무리도— 선생님을 완벽하게 연기하여 전부 떠맡았어요. 그런 강한 마음을 가진 사람이 질 리가 없어요."

지비아는 주먹을 움켜쥐었다.

물론 그레테의 각오는 알고 있다.

세계 최강의 분신이 된다—.

그 바보 같은 발상에 지비아는 압도될 수밖에 없었다.

"그 녀석이 대단하다는 건 알지만!"

지비아는 말했다.

"결과적으로 휘청댔잖아. 원래부터 체력도 없는데."

그레테는 릴리의 배려가 없다면 당장에라도 쓰러질 것 같았다.

그런데도 그녀는 힘 있게 선언했다.

—올리비아 씨가 저택으로 돌아오면 제가 직접 결판을 내겠습니다.

기진맥진한 몸으로 혼자서 도전하려고 했다.

릴리는 크게 숨을 내쉬었다.

"지금은 그저 믿죠. 우리의 참모를요."

그리고 저택 쪽으로 시선을 돌리고서 상냥하게 미소 지었다.

"대활약해서 선생님께 칭찬받고— 사랑받아 주세요."

◇◇◇

숲에 울린 총성은 그레테의 귀에도 들렸다.

지비아와 릴리가 함께 싸우고 있을 것이다.

실력은 미지수지만 상대는 현역 스파이다. 자신들처럼 양성 기관을 막 임시 졸업한 인간과는 사정이 다르다. 틀림없이 강적이다.

지비아가 아예 쓰러뜨리는 편이 이상적이지만 불가능하리라. 다친 그녀를 싸우라고 보낸 것부터가 폭거였다. 싫다는 기색을 조금도 내비치지 않고 용감하게 도전한 지비아에게는 그저 감사할 뿐이었다.

—올리비아는 이곳에 온다.

맞설 준비는 해 뒀다. 하지만 아무리 자신감을 가지려고 해도 불안은 사라지지 않았다.

'이것이 보스가 짊어진 책임……'

클라우스 대신 계책을 짰다.

클라우스 대신 지시를 내렸다.

클라우스 대신 적과 마주한다.

그를 완벽하게 연기하여 새삼 그가 떠안은 책임을 깨달았다.

하나하나가 무거운 짐이 되어 몸을 짓눌렀다.

'……전부 내던지고 달아날 수 있다면 얼마나 편할까요.'

부적이 된 만년필을 움켜쥐었다. 뇌리에는 그와 나눈 대화가 있었다.

『적은 흉악한 암살자야. 위험을 줄이기 위해서는 우수한 네 명을 데려가야 해. 너는 남은 셋과 함께 시체의 협력자를 찾아내서 해치웠으면 해. 할 수 있겠나?』

그렇게 클라우스가 던진 물음에 그레테는 하겠다고 즉답했다.

각오하고 있었기 때문이다.

―보스가 기댈 수 있는 존재가 되겠다고.

하지만 그런 결의도 지금은 흔들리고 말았다.

마음속 깊은 곳에서 공포가 무한히 샘솟았다.

무섭다. 무섭다.

옆에 클라우스가 있었으면 좋겠다. 지켜 줬으면 좋겠다. 도와줬으면 좋겠다.

자신의 떨리는 어깨를 감싸 안고 한시도 떨어지지 않았으면 좋겠다.

'지금 당장…… 도망쳐 버리고 싶어…….'

하지만 그러지 못하게 하는 것도 클라우스의 말이었다.

『도망쳐도 돼.』

그는 온화한 얼굴로 고했다.

『그때는 나 혼자 소화하겠어. 구체적인 책략은 떠오르지 않지만 찾을 수 있을 거다. 문제없어. 수면 시간을 두 시간까지 줄이면 별 것 아닌—.』

그 이상은 들을 수 없어서 그레테는 고개를 가로저었다.

『……저는 도망치지 않습니다.』

몸에 힘을 줘서 겁에 질린 자신을 발분시켰다.

'여기서 도망치면 분명 보스는 또 무리할 거예요…….'

뻔히 보였다.

동료가 죽지 않도록, 가족이 사랑했던 나라를 지키기 위해, 그는 혼자 짊어질 것이다.

세계 최강을 자부해도 그 또한 인간이다. 언젠가 탈이 난다.

그리고 목숨을 잃을 것이다. 그의 동료처럼.

'……그러니 여기서 맞서야 해요.'

상대가 어떤 적이든 상관없다. 자신에게는 클라우스와 한 약속이 있다.

『부탁 하나 들어주시면 안 될까요……?』

임무 수행을 위해 출발하기 직전에 그레테는 요청했다.

『만약 임무를 달성하면, 그때는 저를 꽉 안아 주시겠어요……?』

클라우스는 눈썹을 찡그렸다.

뭐라고 대답해야 할지 고민하는 듯했다. 보기 드문 표정을 짓고 있었다.

그레테는 미소 지었다.

『무겁게 받아들이지 마세요. 그저 버팀목으로 삼을 말이 필요한 거예요…….』

그는 곧바로 뜻을 헤아려 줬다.

『—그래. 약속하지.』

진지한 눈으로 말해 줬다.

『나는 살아 돌아온 너를 꽉 끌어안겠어.』

용기가 무한히 솟아나는 말이었다.

다리의 떨림이 멎었다. 만년필을 움켜잡고, 가슴을 펴고, 정면을 응시했다.

탁, 발소리가 들렸다.

회상이 중단되었다.

고개를 드니 올리비아의 모습이 있었다.

작은 단검 한 자루를 쥐고 지붕 위에 서 있었다.

"뭐야? 기다리고 있었던 것 같은 얼굴이네."

올리비아의 흉기를 전부 훔치는 것이 지비아에게 맡긴 작전이었다. 작전이 실패했다고 생각하고 싶지 않았다. 자신의 방에 있던 예비를 가져왔을 것이다.

올리비아는 여유롭게 웃어 보였다.

"지비아와 릴리는 죽이고 왔어."

계획대로 된 것이라고 믿는다.

그걸 확인할 방도는 없지만.

"이제 너만 죽이면 내 비밀을 아는 사람은 사라져."

"……글쎄요. 제가 이미 우베 씨에게 진실을 전했을 가능성도 있습니다……."

"어찌 되든 좋아. 그딴 영감, 얼마든지 구워삶을 수 있어."

올리비아는 반드르르한 입술을 핥았다. 단검을 역수로 잡고 다가왔다.

숨을 골랐다. 지붕에 도망칠 곳 따위 없다.

—이 임무를 끝맺을 때다.

클라우스는 시체와 싸우고 이길 것이다.

여기서 자신이 질 수는 없다.

"자."

올리비아는 자세를 낮췄다.

"죽고 죽이자."

"……예상대로입니다."

그레테는 만년필을 품에 넣고 대신 자동 권총을 꺼냈다. 힘이 없는 그녀는 다른 소녀들이 쓰는 것보다도 작은 총을 사용했다. 슬라이드를 끝냄과 동시에 발포했다.

하지만 올리비아의 동작이 더 빨랐다.

민첩하게 던진 단검이 총의 측면을 때렸다. 정확한 일격이었다. 조준이 빗나가며 총알은 엉뚱한 방향으로 날아갔다.

올리비아가 육박해서 그레테는 함정을 기동시켰다. 적의 사각지대에서 화살이 날아왔다. 거의 무음에 가까운 공격이었다. 총성에 익숙해진 적의 귀에 그 소리가 들릴 리 없었다.

「소용없어」라며 비웃는 목소리.

올리비아는 몸을 틀어 뒤에서 날아온 화살을 피했다.

화살은 허공을 가르며 어두운 밤으로 사라졌다.

그레테는 신음했다.

적은 살기를 감지할 수 있다. 클라우스와 마찬가지로 일류 스파이가 가진 스킬. 전혀 생각지 못한 의표를 찌르거나 혹은 살기를 감지해도 피할 수 없는 일격으로만 공략할 수 있다.

그걸 실패하면— 남은 것은 육탄전이다.

이미 올리비아의 공격 범위에 들어가 있었다. 그레테는 총을 다른 손으로 바꿔 들고 그립을 해머처럼 다뤄서 뒤통수를 치려고 했다.

하지만 그러기도 전에 올리비아의 발차기가 옆구리에 꽂혔다. 무너진 자세를 바로잡을 새도 없이 가슴을 얻어맞았다.

그레테는 권총을 놓치고 엎드렸다.

—격이 다르다.

모든 움직임이 너무 빨랐다. 자신이 어떻게 움직이든 상관없다.

자신이 행동을 개시하는 순간, 올리비아는 행동을 마친다.

—실력이 너무 차이 났다.

일어나려고 얼굴을 들었을 때, 눈앞에 이미 올리비아가 있었다.

목을 잡혔다.

호흡이 멈췄다. 신음이 흘러나왔다.

올리비아의 팔을 잡았지만 힘은 약해지지 않았다. 발을 버둥거려도 소용없었다.

"완전 형편없네. 맥 빠지게."

올리비아는 가차 없이 목을 졸랐다.

"자신보다 실력이 뛰어난 상대를 이런 정공법으로 이길 수 있을 리가 없잖아. 그런 것도 몰라?"

"……윽."

"아, 그런가. 선생님은 너한테 아무것도 안 가르쳐 줬구나~ 불쌍해라~."

올리비아는 거기서 일단 손의 힘을 풀었다.

그레테의 몸이 지붕으로 내려왔다. 거세게 콜록거렸다. 질식하기 직전이었다.

지붕에 나뒹구는 권총으로 곧장 손을 뻗었지만 그 손을 올리비아가 꽉 밟았다.

"얘, 너. 변장이 특기지?"

신발이 손등을 짓이겼다.

"들었어. 그걸로 어떻게 이기려고? 아무리 마스크를 빨리 써도 10초는 걸려. 그동안에는 양손도 못 쓰지. 어떻게 생각해도 근접전에서 활용될 힘은 아니잖아? 너 같은 타입은 일대일이 된 순간 패배한 거야."

올리비아가 그레테의 권총을 주웠다.

이로써 준비했던 유일한 무기를 잃었다.

"하지만 좋아. 나는 착하니까 마지막 기회를 줄게."

올리비아는 망설이지 않고 총구를 겨눴다.

"—뛰어내려."

"……뛰어, 내리라고요?"

"그래. 지금 당장 이 지붕 위에서 날아."

그레테가 대꾸하기 전에 올리비아는 총구를 겨눈 채 그레테의 멱살을 잡아 억지로 일으켰다. 그리고 그레테를 지붕 끝으로 밀쳤다.

낙하하기 직전에 아슬아슬하게 버텼다.

잔해가 깔린 정원이 눈앞에 펼쳐져 있었다. 높이는 10m 이상일까.

"어차피 3층 건물이야. 운이 좋으면 안 죽어."

"……자살로, 꾸미려는 건가요……?"

"편리하거든. 릴리와 지비아를 죽인 죄를 너한테 떠넘길 거야."

등에서 총구가 느껴졌다.

심장 바로 뒤를 눌렀다. 위력이 약한 총이어도 죽이기에는 충분한 거리였다.

"고르게 해 줄게. 여기서 총 맞아 죽든지, 한 가닥 희망을 믿고 뛰어내리든지."

"그럴 수가……."

"양손 들고 한 발 앞으로 나가. 따르지 않으면 쏘겠어."

익숙한 어조였다. 똑같은 말을 몇 번이나 했을 것이 틀림없다.

대들면 총살당한다. 뛰어내리면 살아날 수 있을지도 모른다—.

그런 양자택일을 강요당하면 누구나 후자를 고른다. 자살로 처리되어서 암살당했다고 주장도 못 하고—.

시체와 올리비아는 그런 잔혹한 수법으로 암살을 반복해 온 것이다.

"……읏."

입에서 신음이 새어 나왔다.

그레테는 입술을 깨물고 양손을 들었다.

무저항을 나타내며 지붕 너머를 향해 한 걸음 내디뎠다.

올리비아는 뒤에 딱 붙어서 따라왔다. 등에서 총이 떨어지지 않았다.

"그래, 잘 생각했어."

도망치게 둘 생각은 없는 듯했다.

앞으로 한 발자국 더 움직이면 자신은 여기서 떨어진다.

잔해에 곤두박질쳐서 뼈와 내장이 으스러진 송장이 될 터다.
올리비아는 한 가닥 희망이라고 했지만, 실제로 살아날 가능성은 없는 것과 같았다.
뛰어 봤자 충격을 경감할 준비는 안 되어 있다. 설령 그런 잔재주를 부리더라도 올리비아가 지붕 위에서 사살하겠지만.
"잘됐네."
뒤에서 올리비아가 웃었다.
"죽으면 분명 선생님이 사랑해 줄 거야. 메이드 선배로서 나도 장례식에 참석하여 네가 얼마나 성실한 메이드였는지 말해 줄게."
벌써 자신의 사후를 생각하고 있는 모양이다.
그레테는 고개를 가로저었다. 한참 잘못짚었다.
"……죽어도, 저는 사랑받지 못해요."
입술이 자연스럽게 움직였다.
"……보스는 제게 특별한 감정을 가지고 있지 않아요. 진즉부터 알았어요."
"정말로 불쌍한 애네."
올리비아가 연민이 담긴 목소리로 말했다.
그레테는 고개를 가로저었다.
틀렸다. 살아 돌아오면 꼭 안아 주겠다고 그는 약속해 줬다.
"그러니까…… 저는 죽을 수 없어요……."
죽으면 아무것도 얻을 수 없다.
구원도. 희망도. 해피 엔딩도. 낙원도 존재하지 않는다.

도달하는 것이다.

아무리 가혹한 임무여도, 달아날 수 없는 운명이어도 살아남겠다.

—사랑받을 때까지 사는 것이다.

"……보스와 포옹하기 위해, 살아야만 해요."

"하지만 아쉽게 됐네. 넌 여기서 죽을 거야. 아무리 발버둥 쳐도 나한테는 못 이겨!"

올리비아가 총구로 등을 밀었다.

몸이 앞으로 쏠렸다.

"자— 빨리 여기서 뛰어내려!"

부유감이 들었다. 몸이 지면으로 빨려 들어간다.

그 직후— 그레테는 들었다.

—총성.

즉각 몸을 돌렸다.

총알이 어깨를 스쳤다.

옷이 찢어져 흩날렸다.

"어……?"

올리비아가 얼빠진 목소리를 냈다.

올리비아의 쇄골에 총알이 박혀 있었다.

그녀의 몸이 후방으로 날아갔다.

그레테는 낙하하기 직전에 팔을 뻗어 지붕 가장자리를 잡았다. 하마터면 추락사할 뻔했다. 몸의 안전을 확보할 수 있는 곳까지 돌아가 적의 모습을 확인했다.

총알은 뼈를 부수고 폐와 목구멍을 압박한 듯했다. 올리비아는 입에서 피를 흘리며 지붕에 누워 있었다. 피에 젖은 팔로 가슴을 필사적으로 눌렀지만 상처에서 나오는 피는 멈추지 않았다.

상황을 뒤집는 일격이었다.

"어, 떻게……?"

그녀는 엎드린 자세로 중얼거렸다.

—나는 살기를 감지할 수 있는데.

그렇게 말하고 싶을 것이다.

클라우스와 대치하고 호되게 배웠다. 일류 스파이에게 기습은 통하지 않는다. 살의도, 악의도, 적의도, 그리고 선의조차도 민감하게 느낀다.

하지만 방법은 얼마든지 있다.

"……예상대로입니다."

그레테는 올리비아를 내려다보았다.

"……맥이 빠진 건 접니다. 다른 대책도 세워 뒀는데, 설마 타깃을 추락사시키는— 시체가 많이 사용하는 수법을 그대로 쓸 줄이야."

아아, 그렇군요. 상대의 얄미운 어조를 흉내 냈다.

"—당신은 배운 것밖에 못 하나 보네요."

"……윽."

올리비아가 피를 토했다.

"왜 살기가 없었지."

"……금방 알게 될 겁니다."

마침 그 말을 내뱉었을 때, 정원에서 우렁찬 외침이 들려왔다.

"또 도망친 거냐아아아아아, 암살자 따위가아아!"

우베가 욕하는 소리였다.

비원을 이루지 못해 분노한 듯했다.

올리비아는 황급히 얼굴을 들었다. 그리고 아연실색하여 눈을 동그랗게 떴다.

"살기가 없는 건 당연합니다……. 그 총알은 저를 노린 거니까요……."

그레테는 살며시 속삭였다.

"코드 네임 『애랑』— 웃어 탄식할 시간을 가지죠."

그레테는 올리비아의 눈을 거울 삼아 자신의 모습을 확인했다.

—멍 자국.

그것이 자신의 얼굴을 덮고 있었다. 꺼림칙할 만큼 검붉은 그것은 보는 이에게 혐오감을 안기고 불쾌감을 줬다. 악마 같은 무시무

시한 생김새였다.

올리비아가 멍하니 신음했다.

"변장……?"

그 눈에는 기피의 감정이 배어 있었다. 멍을 눈앞에서 보고 주춤한 것 같았다.

그거면 됐다.

한 번 보면 다시는 잊지 못할 부정적인 감정을 주는— 그걸 위한 멍이니까.

우베도 바로 기억했을 것이다.

"제가 그저 당신을 밝혀내려고 두 번이나 암살자로서 우베 씨 앞에 나타난 건 아닙니다……. 주저 없이 제게 발포하도록 만들기 위해서죠……."

그가 정밀한 사격 실력을 가지고 있다는 것은 첫 번째와 두 번째 습격 때 확인했다.

첫 번째 습격 때는 야맹증을 앓고 있어서 불완전했으나 지비아의 수고로 개선되었다. 두 번째 습격 때 그것을 확신했다.

그 후에는 우베를 유도하기만 하면 됐다. 그는 멍을 가진 그레테를 보고 반사적으로 사격했다. 그레테가 피하면 총알은 후방에 선 올리비아를 직격한다.

'……악의 없는 독침을 개선한 거죠.'

클라우스 상대로 실패한 계획을 수정했다.

—사람을 물리지 않고, 거기 있는 인간마저 이용한다.

—악의는커녕 선의조차 느끼지 못하게 한다.

그리고 만들어 냈다.

—악의도 선의도 살의도 없는 완벽한 탄환.

"말도, 안 돼……."

올리비아는 아직 현실을 이해하지 못한 듯했다.

"……뭐가 말이죠?"

"변장이, 너무 빨라! 너는 양손을 들고 있었어! 아무것도 못 했을 터! 나는 마스크를 뒤집어쓸 틈 따위 주지 않았어!"

아무리 빨리 변장해도 10초는 걸린다고 그녀는 말했다.

그 굳어져 버린 상식에서 벗어나지 못한 모양이다.

침을 튀기며 아우성쳤다. 그러면 눈앞의 광경이 사라질 거라는 듯이—.

"왜 제가 변장했다고 생각하죠……?"

그레테는 온화한 목소리로 물었다.

올리비아가 입을 벌린 표정으로 굳었다.

그 표정을 보고 그녀의 착각을 확신했다. 그레테가 암살자로 둔갑했고 때로는 클라우스로 둔갑했음을 간파하고 자만했을 것이다.

올리비아는 무의식적으로 믿어 버렸다.

평소의 그레테는 아무런 변장을 하지 않은 상태라고—.

그렇게 유도한 줄도 모른 채.

"……저는 변장하지 않았습니다. 그 반대죠. 변장을 풀었습니다."

"풀었다고?"

"그저 마스크를 벗는 거라면 순식간에 가능하잖아요……?"

입술을 깨물고 이로 찢으면 된다. 그러면 손을 쓰지 않고 벗을 수 있다.

올리비아는 눈을 흡떴다. 그녀도 진실을 알아챈 듯했다.

—꺼림칙하게 얼굴을 덮은 멍.

그것을 본 순간 올리비아는 기분 나쁘다고 중얼거렸고, 우베는 추악하다고까지 욕했다. 지비아와 릴리도 얼굴을 굳히고 겁먹은 표정을 보였다.

누구나 꺼린다.

본 사람에게 깊은 혐오감을 안기고 기억에 깊이 새긴다.

그레테는 멍이 들러붙은 얼굴을 가리키며 웃었고, 탄식하며 말했다.

"—제 민낯입니다."

태어났을 때부터 있었던 멍이다.

성장할수록 마치 저주처럼 짙게 퍼져 얼굴을 덮어 나갔다.

그레테가 사교계에 적응하지 못했던 이유는 남성 공포증이 아니라— 이 멍이었다.

여성에게 미모가 요구되는 정계에서 그레테가 있을 곳은 없었다.

아버지는 무구하게 웃을 줄도 모르는 자신을 힐난했다. 기분 나

뺀 딸이라고까지 욕했다. 아프다고 말을 지어내 사교장에도 데려가지 않고 집 안에 연금했다. 오빠는 욕을 퍼부었다. 그레테는 남성을 무서워하게 됐다.

정신 차리고 보니 존재를 말소하듯 스파이 양성 학교에 들어가 있었다.

—아무도 자신을 사랑해 주지 않았다.

올리비아는 한동안 움직이지 않았다.

그레테의 얼굴을 보며 시간이 멈춘 것처럼 계속 눈을 뜨고 있었다. 깊이 파인 상처가 아플 텐데 그것마저 신경 쓰지 않았다.

정원에서는 아직도 우베의 호통이 들려왔다.

그 호통을 배경음 삼아 그레테와 올리비아는 서로를 노려보았다.

그리고 갑자기 올리비아가 고장난 것처럼 입가를 일그러뜨렸다.

"아핫!"

그런 기묘한 목소리를 내더니.

"아하하하하하하아하하하하하핫하아하하하하하하하아하하하하하하하핫!"

크게 웃었다.

상처가 벌어지든 말든 상관없는 듯했다. 올리비아는 배를 잡고 자지러지게 웃었다.

"……왜 웃죠?"

역시 불쾌해져서 그레테는 물었다.

"아니, 굉장히 납득했어."

올리비아는 눈꼬리에 맺힌 눈물을 닦고 말했다.

"네가 부담스럽게 구는 이유, 마침내 감을 잡았어."

"……."

"그러니 사랑을 못 받지."

올리비아는 그렇게 내뱉고 천천히 일어났다.

"—그러니까, 이기는 사람은 나야."

그녀는 상처에 손을 쑤시더니 고통스러운 표정을 짓고서 총알을 꺼냈다. 단검으로 메이드복을 찢어서 천을 손에 넣고 바로 상처를 동여맸다.

"……그런 중상을 입고 아직도 싸울 생각인가요?"

"뭐? 싫다, 얘. 그 발상이 불쌍해."

올리비아는 손을 펴서 보여 주며 웃었다.

"내 실수는 하나. 직접 트러블을 해결하려고 한 거야. 사랑받는 여자는 말이지, 무리하지 않아도 남자가 지켜 준단다."

그녀의 손바닥에는 비취색 브로치가 있었다.

올리비아는 그것을 손가락으로 눌러 찌그러뜨렸다. 안에 둥근 기계가 있었다. 녹색 빛이 깜빡거렸다.

"……발신기!"

"다행이다. 롤랜드, 근처까지 와 줬나 봐. 기뻐라!"

발신기를 관찰하니 깜빡이는 속도가 점차 빨라졌다. 점멸 간격이 시체와의 거리를 나타내는 것이리라.

"닷새 전에 『화톳불』이 나타난 순간, 나는 롤랜드에게 도움을 청했어. 네가 변장한 거였다고는 하지만, 결과적으로 잘됐지."

"――!"

숨을 삼켰다.

클라우스로 변장한 것은 상대의 움직임을 제한하기 위한 수단이었다. 그것이 지금 역효과를 냈다.

그레테는 권총을 꺼냈지만 적의 여유는 무너뜨리지 못했다.

"어머, 날 끝장내려고? 상관없어. 그러면 화가 나서 미쳐 버린 롤랜드가 널 갈가리 찢어 버리겠지. 아니, 너뿐만이 아니야. 이 저택 사람도, 마을에 사는 인간도, 남녀노소 불문하고 살육해 줄 거야! 그는! 나를, 사랑하니까!"

발신기의 점멸이 빨라졌다.

자신의 실책에 위장이 꽉 조이는 감각을 맛보았다.

시야가 어두워지며 의식이 몽롱해졌다.

시체는 클라우스가 대처할 터였지만, 자신 때문에 지장이 생겼을 것이다. 갑자기 이동하기 시작한 시체를 붙잡을 수는 없었으리라.

최강의 암살자가 이곳에 온다―.

"……상관없습니다!"

무너지려는 마음을 지탱한 것은 그저 오기였다.

기도하듯 「예상대로…… 전부, 예상대로……」 하고 신음했다.

어느새 버릇이 된 말.

—얼굴을 위장하는 것밖에 못 하는 자신은 스파이 세계에서만 살 수 있다.

그러니 누구보다도 똑똑해야 한다.

어떤 사태가 벌어져도 태연해야 한다.

안 그러면 누가 자신 따위를 사랑해 주겠는가?

발신기의 빛이 꺼지지 않고 이윽고 강하게 반짝였을 때, 올리비아는 외쳤다.

"이번에야말로 죽어! 누구에게도 사랑받지 못하는 추한 얼굴로 죽어 버려!"

뭔가가 공중에서 날아왔다.

올리비아가 활짝 웃었고—.

"어……?"

그 얼굴은 곧장 얼어붙었다.

—여행용 캐리어.

그레테와 올리비아 사이에 나타난 것은 거대한 검은색 직육면체였다.

어째선지 머리 위에서 날아왔다.

이것이 올리비아의 책략인 걸까.

그렇게 생각하고 시선을 보냈지만 그녀도 멍하니 서 있었다.

모르겠다.

대체 누가, 어디에서, 왜, 이곳에 여행 가방을 출현시켰는가.

그런데 이 여행 가방은 낯이 익었다—.

"불쌍한 녀석이군."

돌아보았다.

아무도 없었을 터인 공간에 한 남자가 서 있었다. 그가 여행 가방을 던진 듯했다. 호리호리한 체격과 어울리지 않게 완력이 셌다.

"전혀 이해가 안 가. 그녀의 얼굴을 보고 아무것도 느끼지 못하는 녀석이 있다니."

그 남자는 마이페이스로 말을 이었다.

"나는 탈의실에서 본 광경을 지금도 잊을 수 없어."

탈의실. 그 말을 듣고 그레테도 떠올렸다.

—살면서 가장 행복했던 날.

상시 변장하고 있는 그레테는 신경 써서 세안한다. 마스크를 쓴 채 목욕하고, 자기 방에서 몰래 민낯을 닦는다. 하지만 때로는 마스크를 벗고 제대로 목욕하고 싶었다.

그날은 방심했다.

소녀들이 쓰는 대욕탕을 피해 욕실을 이용했지만, 다른 사람과 맞닥뜨리고 말았다.

"나는 그녀의 민낯을 본 순간 이해했어. 이 소녀가 사랑을 쟁취하기 위해 얼마나 많은 기술을 익혔는지. 얼마나 자신을 단련했는지. 반짝거리는 극상의 마음이 느껴지는 그 얼굴에 반했어."

그는 그레테 옆으로 힘 있게 걸어왔다.

"그래서 나는 무심코 중얼거렸어."

클라우스는 고했다.

"—아름답다고."

그레테는 그 옆모습을 아연히 바라보았다.

진짜 클라우스다.

변장도 아니고 망상도 아닌, 틀림없는 자신의 정인이 옆에 있었다.

이 세상에서 단 한 명, 자신의 민낯을 칭찬해 준 사람—.

올리비아도 곧장 깨달은 듯했다. 그가 바로 진정 두려워해야 할 존재임을.

"롤랜드는?!"

이성을 잃고 소리쳤다.

"롤랜드, 어디 있어! 어디—."

"그렇게 허둥댈 필요 없어. 눈앞에 있잖아?"

클라우스는 담담히 대답했다.

그가 가리킨 곳에는— 여행 가방이 있었다.

"다소 네모나졌지만."

그레테는 다시금 그것을 확인했다.

높이 1m 이상에 너비도 80cm.

밀어 넣는다면 성인 남성도 들어갈 수 있을까.

"올리……비아……?"

남성의 신음이 흘러나왔다.

생포한 모양이다.

임무는 암살일 테지만, 그것보다 어려운 일을 해냈다.

"어째서……?"

올리비아가 중얼거렸다.

"호각이라고 했잖아……."

"호각?"

클라우스가 고개를 갸웃했다.

"그래, 묻고 싶군. 그 남자, 나와 만났을 때 『라이벌』이니 『운명의 상대』니 긴 인연이 될 거라느니, 영문 모를 발언을 했는데…… 왜 그런 말을 한 거지?"

"왜냐니……."

"너무 약해."

클라우스는 냉담하게 내뱉었다.

여행 가방에 수납된 남자 — 시체 — 는 올리비아와 그레테보다 훨씬 강하겠지만 클라우스의 적수는 되지 못한 듯했다.

"민간인을 인질로 잡고 주저 없이 죽이는 남자니 말이지. 위험에 대비해 우수한 인원이 필요하긴 했지만 그뿐이었어. 세계 최강인 나와 어깨를 견줄 수준은 아니야."

올리비아는 힘없이 고개를 가로저었다.

그리고서 완만한 움직임으로 여행 가방에 다가갔다.

"거짓말이야……."

잠긴 목소리였다.

"그렇지? 거짓말이지? 뭐라고 말 좀 해 봐, 롤랜드……."

"올리, 비아……."

패기 없는 목소리가 여행 가방에서 들렸다.

"살려…… 줘……."

"——."

올리비아는 말로 표현할 수 없는 소리를 내며 털썩 무릎을 꿇었다. 새파래진 얼굴로 눈물을 흘리며 몸을 덜덜 떨었다. 암모니아 냄새가 나기 시작했다.

그녀는 여행 가방을 때렸다. 잠금장치를 망가뜨리기 위함인지, 안에 있는 인간을 힐난하는 것인지는 알 수 없었다. 하지만 외부에서 가하는 충격으로 열리지 않는 것은 명백했다.

"그레테."

클라우스가 말했다.

"……네, 보스와 똑같은 것을 준비해 뒀습니다……."

지붕 구석에 숨겨 뒀던 여행 가방을 내밀었다.

클라우스는 눈썹을 찡그렸다.

"이번 임무의 공로자는 너야. 마지막까지 네가 하는 게 어때?"

"……담대한 보스를 보고 싶습니다."

이 정도 어리광은 부리고 싶다.

몸에서 피어오르는 열 때문에 아까부터 다리 힘이 풀릴 것 같았다.

클라우스는 가볍게 고개를 끄덕이더니 「날 보스라고 부르지 마」라고 중얼거리고서 빨간 여행 가방을 잡았다. 싸늘한 눈으로 올리비아에게 다가갔다.

"너희는 사람을 너무 죽였어."

죄상을 읊듯 선고했다.

"그게 그림자 전쟁이라고는 하지만, 너희의 행위는 용서받을 수 있는 종류가 아니야. 각오는 됐겠지?"

올리비아는 고개를 가로저었다.

"그런 건 배우지 않았어……."

그녀는 여행 가방을 주먹으로 때리며 원망하는 말을 내뱉었다.

"롤랜드가 안 가르쳐 줬어……. 날 사랑해 줬는데……."

"그런가. 네가 진 이유를 잘 알았어."

클라우스는 여행 가방을 들어 올렸다.

"너는 우리의 적수조차 못 돼."

그가 거대한 직육면체를 휘두르자 여행 가방은 입을 벌린 고래처럼 사냥감을 꿀꺽 삼켰다. 마지막에 올리비아의 비명이 들렸지만 여행 가방은 곧장 닫혔고, 그녀의 목소리도 지워졌다.

지붕에는 검은색과 빨간색의 커플 캐리어가 남았다.

암살자들의 종언에 걸맞은 너무나도 고요한 결말이었다.

에필로그 애랑

이번 임무를 알았을 때, 클라우스는 그 난이도에 얼굴을 찌푸렸다.

—암살자 확보. 그와 동시에 그 협력자도 확보할 것.

그것이 하달받은 조건이었다.

—각각의 능력이 높을 것이다. 한쪽만 먼저 잡으면 다른 한 명은 모습을 감출 위험이 있다.

과연, 난이도만 따지면 지난번을 웃돌았다.

단독으로는 두 사람을 동시에 포박하기 어렵다.

클라우스가 시체를 포박하는 동안 다른 사람이 협력자를 붙잡아 둬야 했다.

'……내가 시체를 제압하는 동안 여덟 소녀가 협력자를 붙잡는 건…… 아니야, 위험성을 생각하면 역시 시체 쪽에 인원을 할애해야 해…….'

심히 고민되었다. 보스로서의 판단과 스파이로서의 판단 사이에 끼어 난감했다.

그런 가운데 도움의 손길을 내민 사람이 그레테였다.

『……제가 보스의 부담을 감당하겠습니다.』

자신은 곁에 없다. 우수한 멤버도 시체 대책으로 데려가야 한다.

그 와중에 스스로 지휘하고, 입안하고, 대처해 보이겠다고 선언한 소녀에게 걸어 보자고 생각했다.

그리고 그녀는 훌륭하게 그 난제를 완수했다.
두 가지 조건의 동시 공략— 그것이 이번 일의 전모였다.

◇◇◇

우베는 서재에서 올리비아와 마주하고 있었다.
몇 년에 걸쳐 메이드장으로 일해 준 상대. 그다지 깊이 교제하지는 않았고, 억지를 부리는 일도 많았다. 지금 생각하니 후회가 남았다.
설마 자신의 수명이 다하기 전에 작별하는 날이 올 줄은 몰랐다.
"퇴직하겠다는 뜻은 변함없는 거겠지?"
나올 말은 각오하고 있었지만 역시 서운했다.
"죄송해요, 우베 씨. 역시 공포가 더 커서요."
사복 차림인 올리비아가 미안해하며 고개를 숙였다.
"암살자라면 내가 총으로 쫓아냈잖아."
"결국 시신은 찾지 못했어요. 저는 지인 곁에서 느긋하게 지내겠어요. 우베 씨도 목숨만큼은 소중히 여기세요."
우베는 고개를 저었다.
그녀를 붙잡을 수는 없을 것이다. 상대는 아직 젊은 여성이다. 암살자의 습격을 받았는데도 계속 일하라고 말할 수는 없었다.

적어도 연장자로서 작별 인사를 건네자. 그렇게 생각하고 질문을 하나 던졌다.

"남자한테 가는 건가?"

올리비아는 눈을 동그랗게 떴다.

"어머. 제가 우베 씨에게 애인 얘기를 했었나요?"

"무시하지 마! 그 정도는 감으로 알 수 있어!"

"……역시 우베 씨네요."

"음. 이건 늙은이의 충고인데……."

쓸데없는 참견임을 알지만 목소리를 낮추고 말했다.

"올리비아, 나는 그 남자에게서 줄곧 사특한 기운을 느꼈어. 휴가를 보내고 돌아온 너는 항상 수상쩍고 탁한 냄새를 풍겼어."

"……."

"나는 네가 사랑받고 있다는 생각이 도저히 안 들어. 얄팍한 밀어를 무수히 늘어놓으며 이용할 대로 이용하고 언젠가 내버릴 거라는 생각을 지울 수가 없어."

올리비아는 작게 입을 벌리고 굳었다.

헤어지는 순간에 생각지 못한 말을 들어서 아연해진 것 같았다. 찬물을 끼얹는 짓이라는 건 알지만, 의리 있게 근무해 준 메이드에게는 말해야만 했다.

우베는 그답지 않게 따뜻한 목소리로 고했다.

"올리비아, 단 한마디를 믿어. 뭔가 한마디 해 달라고 졸랐을 때 상대가 꺼낸 말을 통해 생각을 꿰뚫어 보면 돼. 전할 말은 이게 다야."

올리비아는 입을 우물거렸다.

귀찮아하며 흘려들을 줄 알았는데 그렇지 않은가 보다. 짚이는 것이라도 있나.

하지만 그녀가 무슨 생각을 하는지 우베는 알 수 없었다.

"……그렇다면."

올리비아는 농담하듯 미소 지었다.

"제가 『뭐라고 말 좀 해 봐』라고 부탁했을 때, 상대가 꺼낸 말이 『살려 줘』라면요?"

우베는 쾌활하게 웃었다.

"그딴 놈! 당연히 상대할 가치도 없는 쓸데없는 남자지!"

한바탕 웃은 후, 적잖은 전별금을 건네고서 우베는 올리비아를 배웅했다.

◇◇◇

"후우……."

우베의 저택에서 나온 올리비아—의 마스크를 뒤집어쓴 그레테는 숨을 돌렸다.

상대는 거북하게 여기는 남성이었으나 어떻게든 속여 넘겼다.

우베에게는 진실을 알리고 싶었지만, 그러려면 그레테 일행의 신원도 밝혀야 했다. 그는 소녀들의 얼굴을 기억하고 있었다. 스파이의 정보가 유출되는 걸 피하려면 아무것도 알리지 않는 편이 좋았다.

"……."

그레테는 길가에 있는 물웅덩이를 들여다보았다.

수면에 반사되어 올리비아의 얼굴이 비쳤다. 급하게 만든 마스크지만 완벽한 완성도였다.

연기는 성공했다. 그런데도 마음이 개운하지 않은 것은 우베가 남긴 충고 때문일까.

—시체는 올리비아를 사랑하지 않았다.

그 가능성을 그레테는 생각도 못 했다.

자신감 넘쳤던 올리비아의 태도를 보고 믿어 의심치 않았다. 하지만 시체가 살려 달라고 말한 순간, 올리비아는 무엇을 느꼈을까?

"……어쩌면 우리는 비슷했을지도 모르겠네요."

그레테는 물웅덩이에 비친 얼굴을 바라보며 조용히 고했다.

"안녕히…… 올리비아 씨……."

마스크를 뜯어내 가방에 넣었다. 옷도 벗었다.

이로써 올리비아의 존재는 어둠 속에 묻힌다.

그녀의 신병은 시체와 함께 다른 팀에게 넘어갔다. 심문 후에 그들이 어떤 말로를 걸을지는 알 수 없다.

하지만 그레테는 애초에 이번 일이 「암살」 임무라고 들었다.

◇◇◇

소녀들은 결국 고용 기간이 끝날 때까지 일했다.

충실한 메이드로 위장하여, 올리비아의 신원이나 다른 협력자가 없었는지 철저히 조사했다. 올리비아가 우베의 정보와 자산을 훔쳐 암살자를 지원했고, 때로는 그걸 눈치챈 메이드를 암살했음이 판명됐다.

지비아는 우베가 제대로 된 메이드를 고용하도록 은근슬쩍 유도했다.

마지막으로 소녀들 대신 고용된 메이드의 신원 조사를 마쳤다.

지비아는 아쉬워하는 눈치였다.

우베도 그녀들이 떠나지 않기를 원하는 것 같았다.

"너희 덕분에 몸 상태가 아주 좋아졌어."

그는 그런 말을 남겼다.

"법률 하나를 통과시킬 수 있을지도 몰라. 지비아, 아동 복지를 개선하는 법안이야."

지비아는 감개무량한 듯 고개를 끄덕였다.

"역시 대단해. 또 놀러 올 테니까 오래 살아."

"네가 말하지 않아도 그럴 거다!"

말을 맞부딪치고, 소녀들은 우베의 저택을 뒤로했다.

사라와 클라우스, 그리고 생각지 못한 서프라이즈가 역에서 소녀들을 맞이했다.

""버나드!""

지비아와 릴리가 흥분하여 새장에 달려들었다.

새장에는 야무진 눈의 매가 앉아 있었다. 이번 임무의 공로자. 소녀들의 히어로이기도 했다.

그레테가 안도하며 숨을 내쉬었다.

"……살아 있었군요."

"한동안 날지는 못하겠지만요. 목숨에 지장은 없습니다."

매의 양 날개에 붕대가 칭칭 감겨 있었다. 중상이긴 하지만, 사라가 열심히 치료한 보람이 있었는지 살아났다.

용감하고 영리한 이 매는 이제『등불』의 둘도 없는 동료였다.

지비아와 릴리는 한동안 버나드와 놀다가 옆에 한가롭게 서 있는 남성에게도 시선을 보냈다.

"선생님. 오랜만, 이라는 기분은 안 들지만, 오랜만이에요."

릴리의 말에 클라우스는 고개를 끄덕였다.

"오랜만인 게 맞아. 나는 줄곧 다른 도시에 있었으니까."

"다른 애들은요?"

"시체의 뒤처리를 끝낸 후, 느긋하게 관광하고 귀가하겠지."

여기 없는 소녀들도 분명 가혹한 임무를 수행했을 것이다. 클라우스가 있었다고는 하지만 상대는 일류 암살자였다.

지비아가 손가락을 딱 튕겼다.

"그럼 우리도 실컷 놀고 돌아가자."

"맞아요. 메이드 급료도 들어왔는걸요!"

소녀들은 관광 명소와 지금 당장 먹고 싶은 음식을 신나게 이야기했다. 한 달간 줄곧 일만 했고, 주어진 휴일도 스파이 활동에 썼다. 쌓이고 쌓인 욕망을 발산해야 직성이 풀린다. 사라가 준비해 온 가이드북을 보며 와글와글 떠들었다.

의견이 정리되자 지비아가 클라우스에게 말했다.

"당신도 오늘은 일정 없지? 운전이라도 해 줘."

"……그래. 그럼 이 근처에서 차를 빌려오지."

그도 부하를 치하해 주려는 모양이다.

"가슴이 두근거려요."

릴리가 즐겁게 말했다.

"다섯 명이 함께 드라이브예요!"

◇◇◇

클라우스가 차를 빌려서 돌아오니 그레테 한 명만 남아 있었다.

"……."

릴리, 지비아, 사라의 모습은 없었다.

짐도 전부 사라진 상태였다.

"일단 묻겠는데, 다른 녀석들은?"

"……후다닥 기차에 올라타 떠났습니다……."

"그 여자는 거짓말뿐이군."

클라우스는 한숨을 쉬었다.

이쯤에서 한번 릴리에게 무슨 심정으로 『다섯 명이 함께 드라이브』라는 말을 내뱉었는지 묻고 싶었다.

—예상은 했지만.

그레테를 신경 써 준 것이리라.

아니면 자신을 신경 써 줬거나.

"모처럼 차를 빌려왔으니, 너만 괜찮으면 둘이서 드라이브라도 하는 건 어때?"

"……네, 기꺼이."

클라우스는 그레테를 조수석에 태우고 해안을 따라 달렸다. 날씨는 좋았다. 새파란 바다를 바라보기만 해도 기분이 좋았다.

그레테는 긴장한 것 같았다. 입을 꾹 다물고 있었다.

단둘이 되면 또 어프로치할 줄 알았는데, 아닌 모양이다. 한 달 만에 봐서 그럴 것이다. 주먹을 움켜쥐고 굳어 있었다.

"그레테."

클라우스가 먼저 말문을 열기로 했다.

"한 달간 나는 줄곧 너를 생각했어. 보스로서, 세계 최강의 스파이로서, 그리고 한 명의 남자로서 너의 애정과 어떻게 마주하면 좋을지."

그건 경험하지 못한 난제였다.

살면서 누군가가 자신에게 연애 감정을 품은 적은 몇 번 있었다. 대부분 스파이 임무 중에. 연애 감정은 타깃을 뜻대로 조종할 수 있는 편리한 정서다. 그렇게 단정 짓고 이용할 만큼 이용했다.

하지만 그레테의 연심만큼은 그렇게 대충 다룰 수 없었다.

"결론은 나왔나요……?"

그레테가 불안해하며 물었다.

"그래."

클라우스는 도로변에 차를 세웠다.

"이상도 책임도 겉치레도 버리고, 한 명의 남자로서 본심을 털어놓는다— 그게 내 결단이야."

운전석에서 내리자 그레테도 따라 내렸다.

전망 좋은 절벽 위에 서서 정면으로 그레테와 마주했다.

이제 그녀는 대답으로부터 도망치지 않았다. 입술을 다물고 클라우스를 마주 보았다.

바람이 불어 그레테의 머리카락을 흔들었다.

클라우스는 그 바람이 멎기를 기다렸다가 고했다.

"그레테, 솔직히 말할게. 나는 네게 연애 감정을 품을 수 없어. 마음에는 응해 줄 수 없어."

"……네."

"하지만 오해하지 말았으면 해. 나는 애초에 누구에게도 연애 감정을 품은 적이 없어. 연인이 될 수 없는 건 네게 매력이 없어서가 아니라 나 자신에게 원인이 있어. 애초에 나는 성애를 바라지 않아. 속된 표현을 쓰자면 나는 성욕이 별로 없어."

클라우스는 말했다.

"내가 원하는 건 가족애— 가혹한 임무와 평온한 일상을 통해 생겨나는 유대야."

절망과 고독에서 구하고 받아들여 줬던 동료들.

그 따뜻함이 머릿속을 떠나지 않았다.

"그레테, 그래서 나는 네 성애에 응해 줄 수 없어. 여성으로서 사랑할 수 없으니, 네 마음이 다른 남성에게 가더라도 내게 참견할 권리는 없어."

"……."

"하지만 네가 내 곁에 있어 준다면, 나는 가족으로서— 너를 사랑하고 싶어."

바람이 또 세게 불었다.

그레테의 머리카락이 나부끼며 그녀의 표정을 한순간 가렸다. 바람이 멎고 다시 그녀의 얼굴이 나타났을 때, 그 얼굴은 눈물에 젖어 있었다.

"……부탁이, 있어요."

아주 작고 가냘픈 목소리였다.

그레테는 손을 들어 자신의 얼굴에 들러붙은 마스크를 뜯어냈다.

커다란 멍과 함께 새빨갛게 물든 그녀의 얼굴이 나타났다.

"제게, 한마디 남겨 주세요……. 당신의 입으로……."

"네게 바칠 말은 정해져 있어."

클라우스는 멍으로 손을 뻗어 상냥하게 어루만졌다.

"—그레테, 너는 아름다워."

뭔가가 터지는 것처럼 그녀의 표정이 일그러졌다.

처음에는 목이 멘 듯한 작은 신음이었다. 오열을 참듯 입술을 다물고 양손으로 입을 가렸다. 하지만 이윽고 눈에서 눈물이 흘러나오자 더는 참을 수 없는 것처럼 소리가 들려왔다. 그 눈물이 땅에 떨어짐과 함께 그레테는 클라우스의 품에 뛰어들어 울기 시작했다. 평소의 그녀와는 전혀 다르게 어린아이처럼 크게 목 놓아서.

클라우스는 그레테의 등으로 팔을 두르고 다정하게 끌어안았다.

그녀의 코드 네임은『애랑』.

처음에는 얄궂다고 느꼈다.

하지만 지금은 이토록 제격인 이름은 없다고 확신한다.

NEXT MISSION

클라우스와 그레테는 심야가 되어서 아지랑이 팰리스로 돌아왔다.

거의 꼬박 하루를 그레테와의 데이트에 썼다. 그녀는 내내 클라우스 곁에서 떨어지지 않았다. 관광 명소를 돌고, 돌아오는 기차 안에서 저녁을 먹고, 잡담을 나눴다.

어디서부터가 가족애고 어디서부터가 성애일까.

팀의 보스로서 옳은 일일까. 그럴듯한 말로 그저 얼버무리고 있는 것은 아닐까.

많은 의문이 들었지만 무시하기로 했다.

이 세상에 올바른 선택지 같은 것은 없다. 선택을 올바르게 하는 행동만이 있을 뿐이다.

"부끄러운 고백을 하자면……."

도중에 그레테가 이런 말을 했다.

"……빠르든 늦든, 언젠가 팀 전원이 보스에게 연애 감정을 품을 거라고 생각했습니다……."

"그만. 생각하기도 싫어."

"서로 보스를 차지하려고 싸우며 내부 붕괴가 일어날 거라고 말이죠."

상정할 수 있는 최악의 결말이었다.

연애 문제로 껄끄러워진 팀이라니 지옥이다. 생각하고 싶지도 않다.

“하지만 보스로 변장하고 있는 동안, 동료들은 보스와의 연애를 응원했습니다…….”

“그런가.”

클라우스는 고개를 끄덕였다. 그녀들다운 행동이라고 생각했다.

“『등불』은 좋은 팀이에요…….”

그레테가 수줍어했다.

덧붙여 팀의 향후에 관해서도 이야기를 나눴다. 지금까지 혼자서 고민했지만, 누군가와 이야기하는 것도 나쁘지 않았다.

가끔 느긋하게 보내는 것도 나쁘지 않다.

—이 세계는 자신들에게 평온을 줄 생각이 없으니까.

현관에 도착하니 릴리가 다급한 얼굴로 서 있었다. 클라우스를 보자마자 달려왔다.

“무슨 일이지? 안색이 안 좋아.”

뭔가 이상을 발견한 듯했다.

그것 때문일 거라고 예상했지만, 그런 모습이 아니었다.

“저, 저기! 티아랑 다른 애들은 그저 임무 뒤처리를 하고 있는 거죠?”

“그럴 텐데?”

그녀들에게는 『시체』의 흔적을 조사하여 빠뜨린 것이 없는지 철저히 살피라고 했다. 그것도 태반은 클라우스가 끝냈으니 대단한 발견은 하지 못할 것이라고 직감했다.

"아직 돌아오지 않았어요……."

클라우스는 멤버 네 명을 떠올렸다.

고아한 흑발 소녀 티아, 불손한 청은발 소녀 모니카, 순진한 회분홍 머리 소녀 아네트, 담백한 금발 소녀 에르나.

하나같이 우수한 네 사람이다. 연락도 없이 늦지 않을 테지만—.

"에르나가 있으니까. 그저 교통 체증이라면 좋겠는데……."

불길한 예감이 들었다. 이럴 때 드는 예감은 어째선지 지긋지긋할 정도로 들어맞는다.

"이미 밤이야. 내일 낮까지 기다리지."

"만약 기다려도 돌아오지 않으면요?"

"찾아야지. —긴급 임무다. 각자 준비해."

냉정하게 판단하고 말했지만, 마음속으로는 내일 돌아오지 않을 것이라고 반쯤 확신하고 있었다.

그리고 그 예감은 적중했다.

네 소녀는 행방불명되었다.

◇◇◇

흑발 소녀— 티아는 심야에 몰래 침대에서 나왔다.

호텔의 한 방이었다. 금전적으로 여유롭지 않아서 네 명이 한 방을 빌렸다. 침대는 두 개뿐이기에 싱글 침대를 둘이서 써야 했다. 불편해서 잠이 잘 안 왔다.

방에 놓인 전신 거울을 보니 아름다운 자신의 모습이 있었다.

굴곡이 확실한 몸매, 찰랑거리게 기른 흑발. 도톰한 입술은 요염했고, 혀로 핥자 고아하게 빛났다. 완벽했다. 빈틈은 없었다.

'하지만…….'

티아는 한숨을 쉬었다.

'문제는 지금 상황이 육체 하나로 해결되지 않는다는 건데…….'

자, 어쩌면 좋을까.

"너도 일어났구나."

창문 쪽에서 목소리가 들렸다.

청은발 소녀가 불손하게 웃으며 창틀에 앉아 있었다.

중성적이고 평범한 체격. 헤어스타일은 개성적이지만, 이거라고 정확하게 표현할 말을 찾을 수 없었다. 클라우스나 기드로 대표되는 일류 스파이와 똑같았다. 아무리 봐도 갈피를 잡을 수 없는 초연한 생김새였다.

청은발 소녀— 모니카.

외출하고 온 듯했다. 임무용 옷을 입고 있었다. 활짝 열린 창문으로 들어온 건가.

"아네트랑 에르나는 자?"

"그래. 자장가를 부른 게 얼마 만이더라…… 응, 한 달 만이네."

"최근이잖아."

“그레테한테 가르쳐 줬거든. 후후! 내가 알려 준 테크닉을 확실하게 썼다면 지금쯤 침대에서 선생님을 품에 안고 불러 주고 있을 거야.”

“내가 생각하기에 네 조언은 역효과인 것 같지만 말이지.”

실례되는 말을 하고 모니카는 창틀에서 뛰어내렸다.

“그래서, 어쩔 거야?”

그렇게 말하며 노려보았다.

“뭘 말이야?”

“뻔하잖아. 시간 없어. 빨리 결단해.”

둘러대야 한다. 그렇게 말을 자아내려고 했을 때, 모니카가 움직였다.

그녀의 손에는 권총이 들려 있었다. 그 총구를 눈앞에 들이댔다.

“『등불』을 배신할 거야? 그럴 거면 얼른 말해.”

모니카는 불손하게 웃었다.

“—너의 시신을 처리해야 하니까.”

이 괴멸적인 상황은 예고 없이 만들어졌다. 우유부단한 자신을 기다리지 않고 제시되었다.

티아는 침을 삼키고 뒤에서 안온하게 잠든 회분홍 머리 소녀—아네트를 보았다.

타개책을 찾아내야 한다.

『등불』의 붕괴를 막으려면 자신이 움직여야 했다.

■작가 후기

오랜만에 뵙습니다, 타케마치입니다.

2권 후기에서 할 말은 아니지만, 1권이 발매될 때 있었던 일을 이야기하고 싶습니다.

1권은 감사하게도 판타지아문고 편집부에서 대대적인 방책을 시행해 주셨습니다. 호화로운 PV가 만들어지고 클라우스와 일곱 소녀에게 성우님의 목소리가 입혀졌습니다. 또한 서점에 일곱 소녀의 등신대 패널도 놓였습니다. 인터넷상에서는 일곱 소녀의 인기투표가 이루어졌습니다. 일러스트레이터 토마리 선생님도 Twitter에서 클라우스+일곱 소녀의 인기투표를 시행하고 멋진 일러스트를 그려서 올려 주셨습니다.

네. **일곱** 명.

편집부, 성우님, 서점, 토마리 선생님을 끌어들여 거짓말하고 있다는 것에 작가 본인은 무서워서 벌벌 떨었지만 동시에 몹시 감사했습니다. 고맙습니다.

1권 마지막 부분까지 모습을 계속 감췄던 그 아이는 「불행……」이라고 말하면서 무릎을 끌어안고 있을 테니 뭔가 조치를 취할 수 있으면 좋겠습니다. 아니, 부탁드립니다. 담당 편집자님.

이하 감사 인사입니다.

일러스트레이터 토마리 선생님. 1권에 이어 작품을 성립시키는 중요한 역할을 담당해 주셔서 감사합니다. 앞으로도 일러스트가 열쇠인 작품이 될지도 모르는데, 넌더리 내지 마시고 맡아 주시면 좋겠습니다.

1권뿐만 아니라 2권도 조언해 주신 R 씨에게도 특별히 감사드립니다.

스파이 교실을 구입해 주신 독자님. 정말 뭐라고 감사 인사를 드리면 좋을지 모르겠습니다. 조금이라도 즐거운 시간을 제공할 수 있도록 앞으로도 진력할 생각입니다.

이번 권이 발매될 즈음에는 고지됐을 것 같은데, 본 시리즈의 코미컬라이즈도 결정되었습니다. 자세한 정보는 공식 Twitter 계정에 공개되니 그쪽을 팔로우해 주시면 좋겠습니다.

마지막으로 변명 하나 하겠습니다. 1권 발매 시의 히로인 인기투표에서 멋지게 1등을 차지하고 2권의 커버를 장식한 소녀 말입니다만, 이야기 사정상 도저히 2권에 등장시킬 수 없었습니다.

그 이유는— 3권의 부제와 내용을 보면 아실 겁니다.

독자님께서 납득하실 수 있도록 다음 권도 힘내겠습니다. 그럼 이만.

타케마치

스파이 교실 2
《애랑》의 그레테

1판 1쇄 발행 2021년 4월 20일
1판 3쇄 발행 2023년 6월 13일

지은이_ Takemachi
일러스트_ Tomari
옮긴이_ 송재희

발행인_ 최원영
편집장_ 김승신
편집진행_ 권세라 · 최혁수 · 김경민 · 최정민
편집디자인_ 양우연
관리 · 영업_ 김민원

펴낸곳_ (주)디앤씨미디어
등록_ 2002년 4월 25일 제20-260호
주소_ 서울시 구로구 디지털로 26길 111 JnK디지털타워 503호
전화_ 02-333-2513(대표)
팩시밀리_ 02-333-2514
이메일_ lnovellove@naver.com
L노벨 공식 카페_ http://cafe.naver.com/lnovel11

ISBN 979-11-278-5922-0 04830
ISBN -11-278-5816-2 (세트)

값 10,000원

L BOOKS

모험가 자격을 박탈당한 아저씨지만, 사랑하는 딸이 생겨서 느긋이 인생을 즐긴다 1~3권

오노나타 마니마니 지음 | 후지 초코 일러스트 | 송재희 옮김

일찍이 전설의 강화 마술사로 이름을 떨쳤던 더글러스.
지금은 아저씨라고 불리는 나이가 되었고 몸은 쇠약해져서 엉망이다.
더글러스는 길드에서 모험가 라이센스를 박탈당해 떠돌이로 전락한다.
방랑하던 중, 저주받은 소녀 라비와 만난 더글러스는 그녀를 구하고
최강의 힘을 되찾는다.
하지만 더글러스는 실력을 숨기고 라비와의 자유로운 여행을
이어가기로 결의한다—.
별하늘 아래에 텐트를 치고 수프를 마시거나.
벼 이삭이 물결치는 가도를 터벅터벅 걷거나
지나가다 들른 곳에서 다른 사람을 돕기 위해 무심코 무쌍을 찍거나.
사이좋은 부녀의 모험은 오늘도 계속된다.
"나는 아이 키우느라 바빠. 미안하지만 다른 사람을 찾아줘."

라이트노벨의 새로운 빛! L북스의 신간은 매월 20일에 발매됩니다. http://cafe.naver.com/lnovel11

BOOKS

고블린 슬레이어 1~13권

카규 쿠모 지음 | 칸나츠키 노보루 일러스트 | 박경용 옮김

"나는 세상을 구하지 않아. 고블린을 죽일 뿐이다."
그 변경의 길드에는 고블린 토벌만 해서
은 등급까지 올라간 희귀한 모험가가 있다…….
모험가가 되어 처음 짠 파티가 괴멸하고 위기에 빠진 여신관.
그때 그녀를 구해준 자가 바로 고블린 슬레이어라 불리는 남자였다.
그는 수단을 가리지 않고, 수고도 마다치 않으며 고블린만을 퇴치한다.
그런 그에게 여신관은 휘둘려 다니고, 접수원 아가씨는 감사하며,
소꿉친구인 소치기 소녀는 기다린다.
그런 가운데 그의 소문을 듣고서 엘프 소녀가 의뢰를 하러 나타났다—.

압도적 인기의 Web 작품이 드디어 서적화!
카규 쿠모 × 칸나츠키 노보루가 선물하는 다크 판타지, 개막!
TV 애니메이션 방영작!

L BOOKS

라이트노벨의 새로운 빛! L북스의 신간은 매월 20일에 발매됩니다. http://cafe.naver.com/lnovel11